逆轉正義

下村敦史
高詹燦——譯

目錄

CONTENTS

裝沒看見

教室內的霸凌。我不能裝沒看見！

松木冬樹是高中生。班上正展開一場幼稚的霸凌。不想扯上關係——可是……原本出於好意，跑去跟導師報告，但放學後卻在教室裡被人包圍，質問「是你去打小報告對吧」——

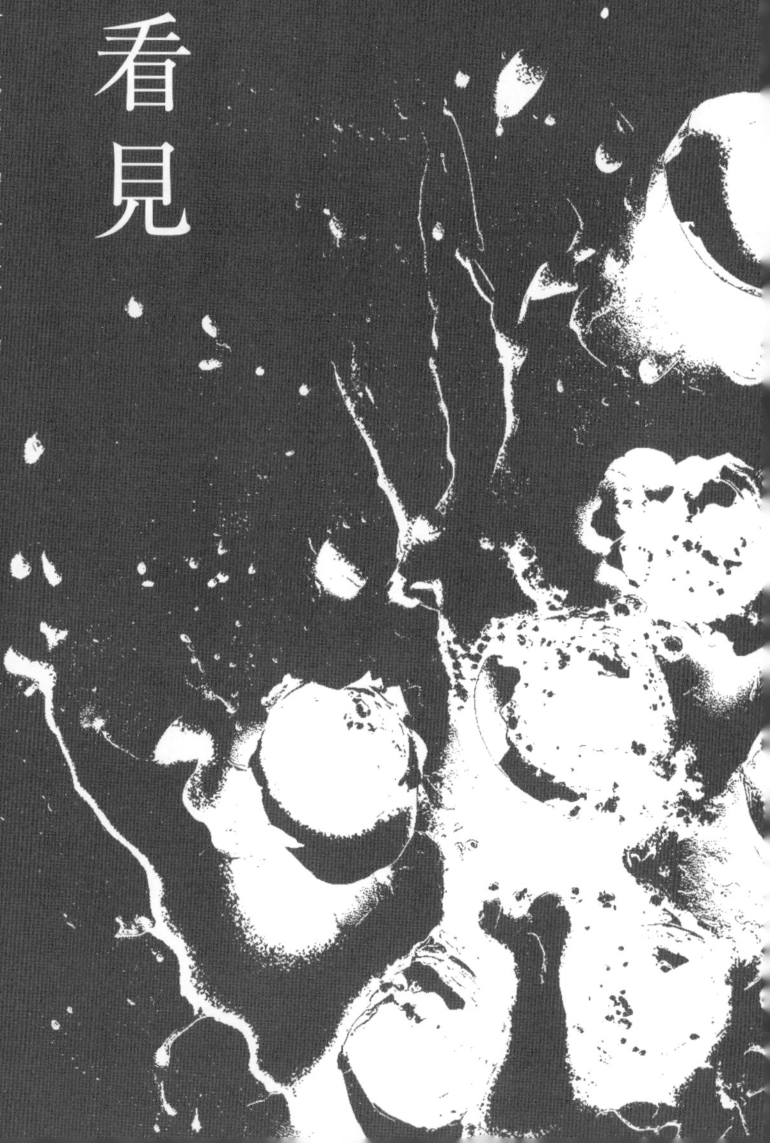

1

「——歐洲在中世紀舉行過獵殺女巫。當發生災厄時，被視為引發災厄的人會被吊起來當作是女巫接受拷問，並在眾人環視下遭處刑。普通人在一般市民的告發和逼問下，某天突然就被懷疑是女巫。其實這也是排除異端的手段。將違背自己宗教教義的人都當作是女巫、是危害社會的危險分子，並吊死她們。」

松木冬樹心不在焉地上著世界史。導師石澤以粉筆在黑板上邊寫字邊講課。他是一位戴著銀框眼鏡、有張瘦臉、一副學者樣貌的男老師。第一次自我介紹時，說他已經三十八歲。

「在審問異端的規定下，人們有告密的義務，就連家人也會被告發。包庇女巫的人會被視為同類被吊死。有許多人就這樣被當作女巫處死，而且是在民眾面前公開處刑。人們為了觀看處刑而聚集在廣場上。對當時的民眾來說，公開處刑是一種娛樂，同時也是令人興奮的消遣活動，群眾甚至還會朝被處刑者的遺體丟石頭，從這點也看得出來。換句話說，獵殺女巫是……」

真希望老師早點讓大家下課。後天的數學課要小考，想好好K書。數學老師很嚴厲，要是考不好，老師就會在眾人面前訓斥「你這個不認真念書的懶鬼」。當時才剛入學不久，就自己一個人被老師叫起來訓斥，那慘狀實在非言語所能形容。

沒錯，這簡直——

冬樹望向黑板。

就像「獵殺女巫」一樣。

冬樹露出苦笑，望向掛鐘確認過時間後，假裝看著課本。

世界史這堂課結束後，有十分鐘的下課時間。他馬上拿出數學筆記翻開頁面。

才剛開始復習沒多久——

「卍字固定[1]、卍字固定！」

「上啊！」

冬樹坐在椅子上，微微轉頭窺望那幕光景。同班的古島，向個頭小的三谷使出摔角技「卍字固定」，另外兩名同伴在一旁起鬨。

「好痛、好痛！我投降！」

儘管三谷皺緊眉頭，大聲喊投降，古島還是不鬆開他，持續使出固定技。

都升高中了，竟然還在玩這種「摔角遊戲」。

冬樹對他們的孩子氣感到傻眼，目光移回筆記本上。筆記上重要的數學公式，他以麥克筆仔細地加以強調，想要一眼就看出重點。

當他在腦中展開數學公式時，喧鬧聲又傳入耳中。
冬樹暗自嘆了口氣，轉頭望向對方。
他們的其中一名同伴從三谷背後架住他，而站在三谷面前的古島，則是將右手收在胸部內側蓄力。
像在折磨小動物般，先停頓一會兒，接著……
古島朝三谷胸前揮出一記水平手刀。發出咚的一聲悶響。
「唔——！」
三谷的表情皺成一團。
古島準備使出第二擊時，顯得有點躊躇。可能是突然意識到周遭人的目光吧，他的視線朝眾人掃過一遍。班上同學都對他們不感興趣，根本沒看他們。大家都分成多個男生的小圈圈、女生的小圈圈、男女的小圈圈——或是自己一個人。
冬樹又繼續看他的書。
但他們對三谷的霸凌行為愈來愈嚴重。
到了午休時間，古島嬉皮笑臉地一把拿起三谷的便當，高高舉起。

1 念作「萬字固定」，是一招摔角的固定技，摔角手豬木的成名絕招。

「現在這個時代還帶媽媽做的便當，你是媽寶啊！」

古島一邊嘲笑，一邊打開他的便當蓋，就這樣走向黑板——

直接將便當裡的飯菜倒進垃圾桶。

聚在教室角落的一群女生當中，有人微微發出「哇」的一聲驚呼。

「——這未免太過火了吧？」

那批評的低語太過小聲，可能沒傳進古島他們耳中吧。

那群女生也沒直接責怪他們的霸凌行徑，很快又回到她們自己的談話中。

裝沒看見是吧——

雖然一時間心中萌生批判的情感，但後來冬樹心念一轉，發現自己又何嘗不是和她們一樣呢。

三谷被霸凌的原因究竟是什麼呢？

古島他們算是人們口中所說的陽光男孩，而看起來個性陰沉的三谷，感覺與他們很不搭調。不過，第一學期時，他們屬於同一個圈子，應該感情不錯才對。只是換了新學期後不久，三谷便突然開始遭到霸凌。

不過話說回來，霸凌的契機這種東西其實若有似無，只要稍有讓加害者們感到「看不慣的事」，就可能會突然引來他們不合理的對待。在社群網站上也一樣，許多人會對自己心中的不悅強行賦予正當性，然後若無其事地說出傷害他人的話來。他自己也曾毫無同理心地在推特上寫下充滿挑釁的狂言和嘲笑。

古島拿著空便當回到三谷面前，朗聲大笑，並將便當擺在他桌上，說了一聲：

「喏！」

都這麼大了，還在玩這種小學生似的霸凌。

三谷一臉悲戚望著便當盒。

古島他們很滿意地互相擊掌，說了一句「我們去買飯吧」，就此步出教室。

獨自被留在自己位子上的三谷，就像被人用過就丟的抹布一樣，模樣慘不忍睹。

2

來到國文和英文課中間的下課時間——

冬樹停止數學小考的準備，斜眼偷瞄他們的霸凌。和昨天一樣，在教室靠走廊那一側的窗邊，三谷又被人從後方架住。

古島雙手伸向三谷制服的長褲，解開他的腰帶，一口氣拉下褲子。三谷那件有花紋的四角褲全都露了出來。

「別這樣……」

三谷柔弱地說道。

女生們往他們那邊窺望。臉上露出的嫌棄表情，是針對他們的霸凌行為，還是針對男生的內褲呢？從表情看不出來。

古島就像展示戰利品般，高舉著長褲，向窗外走廊上的學生們炫耀。

「要脫光嗎？」

其中一名同伴像在嘲諷般地笑道，雙手緩緩湊向三谷的四角褲。

三谷扭動身軀掙扎。

壓制他的其他同伴開始起鬨。

「確認一下他有沒有包皮吧。」

雖然嘴巴上這麼說，但可能是他們也覺得這麼做太過火了，站在三谷面前的古島同伴遲遲沒脫下三谷的四角褲。但這已極為羞辱，三谷都快哭了。

冬樹雙手擺在桌上，緊緊握拳。

在班上——而且就在他眼前發生這場霸凌，令他情緒激動。

他自己國中時，被班上的老大盯上，就此被一個也有女生在內，好幾個人組成的圈子排擠，總是瞧不起他、嘲笑他，感覺很不舒服。他一度還不想到學校上課。

後來在一個湊巧的機會下，他們將目標轉移到其他同學身上——一位總是在教室內某個角落靜靜畫圖的男生——冬樹這才得以解脫。當時冬樹感到鬆了口氣，之後一直都對霸凌裝沒看見。很快地，那名成為新「犧牲者」的男孩便不再到學校來。也不知道他後來怎樣了。

可能因為沒到學校上課，而上不了高中吧。也許現在過著繭居族的生活。

我再也不想裝沒看見了——

冬樹緊咬下脣。

他知道霸凌會打亂一個人的人生，甚至把人逼上絕路。新聞常報導因受不了霸凌而自殺的案件，網路上也常看到這類的文章。

據說兩年前這所高中也有一位男學生自殺。那是冬樹入學前發生的事，但記得那場風波鬧得很大，連當地的國中生也都知道這件事。

要是因為他裝沒看見，而害三谷自殺的話……

應該會後悔一輩子吧。

冬樹將心中的覺悟緊緊握在掌中後，就此緩緩起身離席。他刻意不回頭看，假裝要去上廁所，走出教室。

從那令人喘不過氣來的氣氛中解放後，安心地吁了口氣。

隔了一會兒後，他開始邁步往前走。通過其他班級的學生群聚的走廊，走向位於北側的教職員室。那扇有方形玻璃的門緊閉著。

冬樹敲了敲門後，滑開那扇門。

「報告。」

他行了一禮後，踏進教職員室。在排列整齊的整排辦公桌前，老師們都坐在座位上。因為平時都不會來這裡，所以隱隱感覺有股沉重的壓力。

將現場環視過一遍後，發現導師石澤就坐在裡頭的座位上。

冬樹走向石澤的座位，開口喚道「石澤老師……」石澤「嗯？」了一聲，抬起頭。

石澤納悶地望了他一眼，冬樹的聲音就此卡在喉中。

「怎麼了？」

「啊，不……」

要是密告霸凌的事傳了出去，那該怎麼辦？也許接下來會換我成為他們霸凌的對象。

可是……

我是下定決心才來到這裡的。

冬樹呼出憋在胸中的緊張之氣，開啟他沉重的雙唇。

「是這樣的，班上有霸凌……」

他一提到「霸凌」這兩個字，石澤馬上表情一變。他那雙單眼皮的細眼變得更細了，轉為像在瞪人般的神情。

「等等。」

石澤似乎很在意周遭人的目光，只見他環視教職員室，接著望向他上週生日時，班上女生們送他的禮物——小狗造型的座鐘。確認過時間後，他將筆擱在桌上，重重吁了口氣，站起身。

「我們到裡頭談吧。」

不等冬樹回覆，他便轉身朝裡頭的房間走去。

冬樹一時呆立原地。但他旋即重振精神，隨後跟上。走進裡頭的房間後，關上門，轉過身來。

是一間中央擺著長桌、好幾張鐵管椅排在兩旁的諮詢室。石澤站在白板前。

石澤問道：「然後呢？」

就只有冬樹與導師單獨相處，感覺告密的氣氛濃厚，令人緊張。明明是想做正確的事，但不知為何，卻像是想要偷東西似的，有種內疚感。

「是這樣的……」

冬樹想開口說，卻說不出話來。

「發生了什麼事嗎？」

「我有事想找老師商量……」

他含糊其辭，窺探導師的反應。因為剛才已經提到「霸凌」一詞，他希望老師能自己察覺，主動向他套話。

但石澤什麼也沒說，就只是瞇著眼睛看他。完全是「等他開口」的態度。自己好不容易鼓起勇氣，這時卻像被潑了桶冷水。但他還是極力說服自己，有女生會送老師生日禮物，可見他很受學生愛戴，應該不會惹出什麼風波才對。

冬樹做了個深呼吸，拿定主意。

「班上有霸凌……」

「……誰被霸凌？」

石澤皺起眉頭。

「三谷同學。從不久前開始，被古島同學他們霸凌。他們每天都拿他練摔角技……」

「三谷……」

「對。」

「……那是男生之間很常有的嬉鬧吧？三谷和古島不是從第一學期開始就玩在一起的朋友嗎。老師小學的時候，也曾經和朋友玩過摔角。」

「可是老師！」冬樹趨身向前。「三谷的便當被拿去扔掉，還被他們從身後架住，脫去長褲……」

石澤眉頭深鎖。

「……這就有點玩過頭了。三谷當時是什麼感覺？」

「他很排斥。都快要哭了……」

「這樣啊……」

石澤就像強忍心中的苦惱般，緊盯著桌上的某一點。沉默了半晌。

「老師……」

冬樹焦急地出聲喚道。石澤緩緩抬起臉。但他就像還在想該說什麼好似的，始終不發一語。

這次冬樹很明確地說出自己的想法。

「那確實是霸凌。」

「嗯」，石澤沉吟一聲。「現在還不清楚狀況，而且我也還沒親眼瞧見，所以不能妄下斷言。」

「可是老師……」

「你先別急。」石澤向前探出手掌，打斷他的話。「我沒說我什麼都不做。」

「……是。」

石澤以食指搔抓著髮鬢。

「總之，老師會先親眼確認。」

「麻煩您了。」

「松木，你也很不簡單，肯鼓起勇氣告訴我這件事。」

「哪裡。不過，關於我……」

「我知道。我不會講出你的名字，你不用擔心。謠言四處散播也不好，這件事就包在老師身上吧。」

上課鐘聲響起。石澤抬頭望向牆上的喇叭，接著視線移向一旁的掛鐘。

「……喏，你會來不及上課哦。」

「是。」

冬樹走出教職員室，返回自己教室。剛走進教室時，正在欺負隔壁三谷的古島瞄了他一眼，兩人一時目光交會。

冬樹馬上移開目光。

心跳得又快又急。額頭冒出的豆大汗珠，順著鼻梁滑落，碰觸到嘴脣。帶有一股鹹味。

他知道自己與古島目光交會純屬偶然。可能只是因為他霸凌別人心虛，所以一直對走進教室的人抱持警戒吧。

但冬樹向導師告密的事有可能被他看穿，想到就覺得可怕。一旦穿幫，他將成為下個被霸凌的對象。

冬樹裝出一副什麼都不知道的模樣，坐向自己的座位。剛好英文老師這時也走進教室。他若無其事地斜眼偷瞄，發現古島他們已停止霸凌。

他們有自覺，知道被老師看見就糟了。

等到英文課結束，來到下課時間，他們再度展開霸凌。

古島搶走三谷的課本，以魔術筆在上面亂塗鴉。可能是在上面寫「去死」、「笨蛋」、「呆瓜」、「噁心」這一類罵人的話吧。

三谷被古島的同伴從後方架住，另一個人不斷欺負他。

冬樹從他們身上移開目光。

當他若無其事地望向教室外時，在教室後門的小窗上看到石澤的臉。石澤正瞇起眼睛，靜靜注視著他們的霸凌行為。

冬樹瞪大眼睛。

老師跑來查看情況了。他要是親眼目睹教室內的霸凌行為，就會知道我講得一點都不誇張。老師會阻止這場霸凌。這樣就能放心了。

正當他撫胸鬆了口氣時，石澤突然轉頭就走。

冬樹忍不住發出「啊」的一聲驚呼。

本以為老師確認霸凌屬實，就會走進教室裡阻止。用力地打開門，眾人因這聲巨響而轉頭，老師怒斥一聲「古島！」。朝一臉錯愕的三名加害者大喝道「你們在做什麼！」，他在腦中想像這幕光景。

然而……

石澤竟然就這樣走了。

為什麼？

他剛才不是還誇我告訴他霸凌這件事，勇氣可嘉嗎？明明還很仔細地聽我說明情況……

不──冬樹在心裡暗自搖頭。

也許老師是打算先確認情況，等做好準備後，再加以處理。再怎麼說，也不可能看到眼前那幕光景後，還視而不見吧。

午休時，霸凌仍舊持續。由於時間比課堂間的下課時間還充裕，所以欺負人的手段更講究，也更不輕易罷休。便當就不用說了，連筆記本都被扔進垃圾桶裡。

冬樹發現石澤從門上的小窗窺望時，當時正好古島拿著兩個板擦互拍，將粉筆灰撒在三谷身上。三谷狂咳不止的模樣顯得很痛苦，看了教人心痛。

這樣老師總該知道，這不是一般的嬉鬧，而是霸凌了吧。他應該會馬上出面阻止——冬樹原本是這麼期待。

當他將目光從三谷他們身上移回時，石澤已從走廊上消失。

午休結束，來到世界史的時間，石澤走進教室。他走向講桌的途中，朝擺在角落的垃圾桶瞄了一眼。這位導師的動作是那麼不顯眼，如果不是特別留意他的一舉手一投足，肯定不會察覺，但他肯定是在確認垃圾桶。確認便當的飯菜和筆記本都扔在裡頭的那個垃圾桶。

但石澤對此一句話也沒提，便開始上課。

「好，那我們就從上次的進度接著上。」

石澤取出課本，開始講課。

「說到獵殺女巫。」

本以為解決問題的人會是導師。

他該不會裝沒看見吧？

冬樹明明不是遭到霸凌的被害人，卻有種被打趴在地的感覺。無力感和失望撕扯著他的胸膛。

他明明鼓起勇氣告訴老師霸凌這件事，結果卻是白費力氣。

冬樹緊咬嘴唇。

第五、六堂課結束後，冬樹將課本和筆記塞進書包裡。他嘆了口氣，拿起書包，起身離席。這時，背後傳來多個腳步聲。

冬樹為之一驚，回身而望。

古島他們三人擋住他的去路，神情不太友善。

冬樹因緊張而心跳加速。他甚至擔心自己的心跳聲會不會被古島他們聽見。

「你、你們……」

他口乾舌燥，聲音沙啞。

為什麼古島他們會找上門來？

雙唇緊抿的古島瞇起眼睛，斜向瞪視著冬樹。

放學後的教室喧鬧聲遠去，雖然周遭有好幾名同學還在收拾書包，但感覺一片寂靜。

「有、有什麼事嗎？」

雖然他知道自己說起話來結結巴巴，但還是耐不住眼前的不安和壓力，開口詢問。

「我說……」古島開口。「你跟老師打小報告對吧。」

「咦？」

冬樹不自主地握緊拳頭。他掌心滿是濕汗，感到身體不適。

「你說打小報告，指的是什麼……」

「就我們的事啊。你一定是去打小報告了。」

「我什麼也都沒說——」

「少說謊了。有人看到你午休時走進教職員室。」

心臟猛然一震。

古島他們就像要將他團團包圍般，拉近了距離。

冬樹想向後退，但腰部撞向自己的桌子。他已無路可退。

「你在裡頭的房間跟老師談了什麼對吧？」

「我們全都知道，松木。」

「你就算隱瞞也沒用。」

三人你一言我一語地逼問。

明天在教室裡，換自己代替三谷被霸凌的慘狀，就此浮現腦中。

——我才不要變成那樣。

「因、因為就快小考了！」他不自主地提高音量。「所以我想請教老師幾個不懂的問題，就跑去教職員室，如此而已。」

「……嗯。」

古島那宛如要看穿他謊言般的猜疑眼神，在冬樹全身上下游移。

冬樹不安地扭動身軀。感覺自己成了被逼迫自白的「女巫」。一旦他承認後，等著他的將會是……

「松木，我不會對你怎樣，你就老實說吧。」

「這不是老不老實的問題……」

「你和老師說了什麼？」

「我不是說了嗎，我們聊到小考的事……」

「不不不，我要問的不是這個。我不會責怪你的，你就老實說吧。」

要是就這樣接受他惡魔的低語，肯定會下場悽慘。眼下也只能裝蒜到底了。

「我不懂你在說什麼。」

冬樹否定後，古島開始不耐煩地扯起了頭髮。

冬樹心裡很想把臉別開，他與這樣的衝動交戰。這時要是露出歉疚的神情，他告密的事就穿幫了。

為什麼我得受這樣的威脅？這種受脅迫而心生恐懼的感覺，他覺得很悲慘。

冬樹將怒意緊握手中，定睛回瞪古島。

「我什麼都不知道。」

他很明確地回答。這是他竭盡所能——現在的他所做的最大抵抗。

古島他們似乎已無話可說。微微看得出他們的不知所措。雙方就這樣瞪視了半晌。最後古島可能是屈服了，說了一句「……我們走吧」，催兩名同伴離開。他們背起書包，一同走出教室。

冬樹鬆了口氣。緊張洩去後，他發現自己的雙膝在打顫。希望他們三人沒看出他心裡的害怕。

不過話說回來，冬樹萬萬沒想到他們會懷疑他告密。要是石澤老師在這時候重視霸凌的問題，把古島他們找去的話——

雖說班上每個人都知道霸凌的事，但他應該會最先被懷疑是那位告密者。

雖然很厭惡霸凌，想阻止這種事發生，但腦中想的卻全是如何自保，冬樹嫌棄這樣的自己。

真無力。我到底該怎麼做才好。

這時，他感覺到有個緊緊黏在他背部的視線，就此轉頭，原來是坐在位子上的三谷，正以責怪的眼神注視著他。

3

隔天霸凌依舊持續。上了高中後，大家可能都在忙自己的事，似乎全班都裝作沒看見三谷他們。

而冬樹倚賴的導師石澤，偶爾還是會從後門的小窗確認教室內的情況，但是完全沒採取行動。

冬樹握緊拳頭。

雖然很慶幸告密的事沒在古島他們面前穿幫，但霸凌的事根本沒解決。感覺反而因為這個緣故而更加惡化。

我展開了最低限度的行動——他在心中這樣辯解，現在則和其他同學一樣，對霸凌裝沒看見。

然而——

這樣真的好嗎？

連上課時也無法專心，總是如此自問。一方面不想被捲入霸凌中，另一方面又覺得不能繼續這樣下去，感到義憤填膺。

無法原諒旁觀的自己。

課堂結束後，冬樹前往桌球社。高三的學長有兩人，高二的學長一人，高一生只有他一人——是個幾乎快廢社的社團，所以平時都沒活動。

他前往露臉，發現高三的前川芳郎坐在社團教室裡的鐵管椅上，正在看週刊漫畫雜誌。

「嗨，松木。」前川從漫畫雜誌中抬起臉，爽朗地出聲問候。「好久不見了。」

「真的好久不見了。」

「今天沒其他人來了。」

「是啊。」

「你來參加社團活動嗎？」

「不——」

「不然你來幹嘛？」

「是這樣的……」冬樹隔了一會兒說道。「我有事想找前川學長商量。」

前川微微偏頭。

「……如果是念書的事，就饒了我吧。」

「不是念書的事。」

「那麼，是什麼事呢？」

「班上的事……」

「班上的事？」

「……我有同學被霸凌。沒人出面阻止，我拿定主意跑去跟老師說，結果……」

前川嗤之以鼻。

「老師什麼也沒做對吧？」

「對……」

「就說吧。因為我們這所高中採逃避主義。就算有學生自殺，也堅稱沒發生霸凌。」

「啊，那個傳聞是真的嗎……」

「是我高一時發生的。是隔壁班的學生，聽說是自殺。當時引發了不小的風波呢。不過，霸凌一事遭到否認，這事就這樣漸漸淡化了。」

還記得地方的報紙雖然報導此事，引發了不小的問題，但不知為何，這事在鎮上成了禁忌的話題，避而不談的氣氛蔓延。有人說其中一名加害者，是當地某位大人物的兒子，各種臆測煞有其事地流傳著。

「老師和校長都墮落到不行。學校這種地方就是這樣。」

「就算新聞報導霸凌自殺的事，校方也還是一味地否認。感覺會坦承霸凌的學校不多。」

「想到就有氣。明明教導學生要有道德，自己做的卻又是另一套。教育委員會召開記者會，想的也只是如何自保。」

「……我該怎麼做才好？」

「霸凌的情況很嚴重嗎？」

「對。是三人一組，他們對受害者使出格鬥技，從後面架住他，脫去他的長褲，還把便當裡的飯菜和筆記本丟進垃圾桶裡。受害者明明很排斥，但他們卻還嬉皮笑臉地繼續欺負人。」

「人渣是吧。」

「我很想阻止他們，但又怕被懷疑我跟老師告密，太過顯眼——」

「不想被他們盯上對吧。」

「抱歉……」

冬樹緊咬嘴脣，注視著地板。

「我沒責怪你。每個人都是這樣。那些霸凌人的傢伙，全是笨蛋。」
前川闔上週刊漫畫雜誌，瞇起眼睛，目光犀利地注視著冬樹。
「他們叫什麼名字？」
那是宛如極力壓抑怒火的低沉嗓音。
「咦？」
「那三名加害者。」
「問名字要做什麼？」
「要給予應有的懲罰。」
「懲罰……」
「這種傢伙就應該加以嚴懲。也就是社會的制裁。」
社會的制裁——
這句話聽起來怪可怕的，冬樹的髮際處冒出大汗。
「惹來眾人批評的傢伙被公審的情況，你如果也上社群網站的話，應該很常看到。例如多年前曾對女人口出惡言的俊俏偶像、發表歧視性言論的漫畫家、以霸凌別人自豪的名人、搞婚外情的藝人或女演員。」
「不過，這和這次的霸凌有什麼關係？」

「我的意思是要將他們公諸於世。」

「公諸於世……？」

「有一段時間不是很流行嗎？把臉探進超商的冷凍櫃裡、四處舔擺在桌上的筷子，或是在廚房裡搞髒東西。幹了這種蠢事還覺得有趣，上傳到網路上，結果事情傳了開來，就此被出征。因此丟了打工的工作。損害賠償金高達數百萬圓。」

「確實有這些事……」

「我要做的是一樣的事。匿名告發霸凌，讓這些加害者接受社會的制裁。而對自己的行徑不覺得有任何罪惡感的人，一旦在網路上被人出征，就會反省和謝罪了。」

「確實是這樣沒錯……」

「知道的話，就告訴我他們三人的名字和資訊吧。」

原本只是想吐露心中的不滿，才來找學長商量，結果沒想到現在要把事情鬧這麼大。

冬樹一時猶豫，不知道該不該說。

「快點說吧。我無法原諒這種人渣。你也知道的，我這個人有很強烈的正義感。」

前川語帶自豪地說道。他的口吻變得愈來愈狂熱。

「對那些霸凌別人的傢伙，你也無法裝沒看見對吧？」

他的語氣帶有不容否定的強硬。

「對……」

冬樹只能表示同意。

「我就說吧。總之，先告訴我名字。我不會連本名也公開在網路上。」

「……是嗎？」

「我會用縮寫。還是說，你擔心他們會懷疑是你公開的？」

「這……」

「用不著擔心。霸凌的事，班上每個人都知道。有可能你們班上的某人告訴其他學校的朋友，或是跟父母說這件事，無法查出是誰公開的。你只要堅稱不是你做的，就不會穿幫。」

冬樹視線游移。

「松木，你不是站在加害者那邊的吧？是這樣沒錯吧？」

冬樹當然不是站在加害者那邊。

那三個人逼他自白的可恨嘴臉，伴隨著當時的悲慘畫面，在他腦中浮現。

「……核心人物是古島大介。他的同伴有平塚聰和室井富雄。加害者就是這三人。」

前川豎起大拇指。

「好。接下來就交給我了。」

前川取出手機，以熟練的動作點擊操作。

「先在推特上設一個臨時帳號……」

所謂的臨時帳號，不是主要帳號，而是隨時都能捨棄，隨便造出的帳號。在推特上用臨時帳號對自己看不慣的名人，或是被出征的人，加以誹謗中傷，這樣的人相當多。

「之後再用推特來告發。」

冬樹來到前川身旁，向他問道：「你會寫成怎樣的內容？」

前川讓他看手機畫面。

『＃幫忙轉傳　＃霸凌　我就讀的S高中有霸凌事件。有男學生被毆打，脫去衣服。加害者是〇島大介、平塚〇、室井〇〇。不可原諒』

為了讓對同樣的問題感興趣的人容易看見，而以「＃」符號來加上話題標籤。

但最教人吃驚的，是加害者的姓名。

「等等，學長……」

「怎樣？」前川偏著頭應道。

「這名字，根本不是縮寫吧？你用的是本名……」
「我不是蓋掉一部分名字了嗎。」
「蓋掉一部分名字……像這樣，只要是我們學校的人，一看就會知道是誰。」
「要是以匿名帳號在推特上寫著『加害者是A、B、C』，這樣誰會感興趣啊？如果沒有具體性，就沒人會看了。」
「說得也是……」
「就說吧。」前川再次操作起手機。「接著要在匿名留言版上洩漏這則推文。要是有更多人發現這則告發，將它轉傳出去就搞定了。」
雖然冬樹贊成前川的提議，告訴他那三人的名字，但感覺這件事愈鬧愈大，他隱隱覺得有點可怕。不過另一方面，他也覺得這種臨時帳號發的推文，應該沒人會注意吧。
然而——
五分鐘後，前川發出「哦」的一聲驚呼。仔細查看手機。
「開始傳來通知了。有回應。」
冬樹看他的手機，發現似乎因為有某位媽媽網紅的轉推，這則推文受到關注，開始有意料之外的大量回應。

『真是混帳。應該對這種傢伙展開社會撲殺！』

『這種行為稱之為霸凌還算客氣了。這根本就是犯罪吧。絕對不可饒恕！』

『也對加害者做同樣的事！』

『S高中在哪裡？』

『肉搜班，動作快啊。』

『〇島大介、平塚〇、室井〇〇是誰啊？全名是什麼？』

隨著推特上一再轉傳，眾人的興趣都轉向這三名加害者的名字上。

『如果告發的事屬實，就該貼出真名。』

『絕對不可饒恕！不能讓他們逃了！』

『如果要這樣遮遮掩掩，一開始就別發推文嘛。』

『〇裡是什麼字啊？』

『得公開真名，讓他們接受社會的懲罰。』

推特上瞬間擠滿了眾人的怒火。並非有什麼霸凌影片，就只是一則真偽難辨的告發推文，便在網路上引來這麼多人義憤填膺的怒吼，這種狀況實在有點古怪。

「感覺不錯哦。」

前川面對這樣的情況，完全不為所動。

「後續就交給我處理吧。」

「……好。」

「那就明天見吧。」

冬樹走出社團教室，直接回家。他躺在自己房間的床上，以手機查看推特。

轉推數多達一千八百次。表示有這麼多人用自己的帳號轉推。告發推文會流入他們各自跟隨者的主頁動態上，所以會有一萬多人看到。

這事鬧大了——

現在頓時有一股不安朝他湧來。

他惴惴不安地走進浴室泡澡，吃完母親準備的晚餐後，再次回自己房間。

確認前川建立的臨時帳號。上面發了第二篇推文。

『#幫忙轉傳　#霸凌　都立新明高中霸凌同學的加害者，是一年三班的古島大介、平塚聰、室井富雄。無能為力的我，因懊悔而流淚。我沒勇氣阻止霸凌，我能做的，就只有用這種方式告發。』

為什麼寫出本名——

冬樹雙手顫抖，手機差點脫手掉落。

因為寫出本名，推文後只過了三十分鐘，就有三千三百次轉發。

冬樹一直緊盯著那則推文。透過手機畫面，在看慣的推特上顯示的三個人名，看起來如同因重大案件而被捕的加害人。感覺在發出銀光的畫面中，就只有那三個名字特別顯眼。

因為目標變得明確，更大的怒火排山倒海而來。

『#都立新明高中　#霸凌　古島大介、平塚聰、室井富雄就讀一年三班。絕對饒不了他們。』

『再多揭發一些資訊！』

當中還有一位很像民運人士的律師發了一篇推文寫道『將這些怒吼的聲音傳給新明高中吧！』，上頭還附上新明高中的電話號碼和電子郵件信箱。

炎上——

為什麼事情會鬧這麼大？就像字面意思一樣，人們的怒火燃燒熾烈。他們的真名成了燃料，就此炎上。

明明不是自己被眾人吊起來，卻覺得很害怕，就此將手機翻面，塞進枕頭裡。他吁了口氣，環視房內，眼前是他的房間，一如往常。一個與社群網站的炎上無關的現實世界——

他逃避了好一會兒。

待心情平靜下來後，冬樹打電話給前川。

「學長，這樣會不會太過火了……」

冬樹害怕地問道。

「哪會啊。一切都如我所料。」

「咦？」

「如果蓋掉部分名字，做出不乾不脆的告發，世人是不會接受的。因為不知道姓名，就無法加以制裁，如果只是聽人提到一個噁心的故事，最後會在心底留下疙瘩，無法消散。」

「感覺這件事會在推特上一發不可收拾。」

「如果匿名的話，就不會有社會的制裁。這種人渣就得公諸於世。這是正義之槌。」

正義之槌——

這句話的感覺，稍微緩和了心中的罪惡感和不安。

「說得也是……」

「就說吧。我們做的事是對的。」

冬樹將前川這句話牢記在心，就此結束通話。

他在睡前再次確認網路上的情況，發現古島大介的臉書已被鎖定。由於是規定得實名登錄的社群網站，只要比對個人資料的高中校名，似乎就能確定是他本人。

古島大介的大頭照——他本人上傳到臉書上的個人照片，被公布在推特上。一張暑假在海邊多人合拍的照片，雖然其他人被打了馬賽克，但有人追問『平塚聰和室井富雄就在這裡頭吧』。

古島大介的臉書馬上湧入許多辱罵的留言。

『你這個人渣！去死吧！』

『你是個爛透的垃圾。沒有活在世上的價值。』

『長得有夠噁心。生來就一副會霸凌人的嘴臉。』

『別存在這個社會上，混帳東西！』

現在霸凌已不再是班上的問題，而是演變成將世人全部捲入其中，一發不可收拾的局面。

但另一方面卻又覺得由世人代為說出他對三谷遭人霸凌所抱持的情感，有種一掃心中鬱悶的痛快感。

4

來到學校後，感覺班上同學鬧哄哄的。

冬樹將書包擱在桌上，坐向座位。

他豎耳細聽，從班上某個圈子傳來「在社群網站上……」這樣的隻字片語。這下他很確定，昨天晚上出征一事，班上同學也知道了。

冬樹若無其事地窺探教室內的情況。

古島他們眼神空洞地望著課本和筆記。眼睛沒聚焦。可能是為了掩飾此刻紛亂的心情，而假裝在看書吧。

同學們也不時偷瞄古島他們。眼神中帶著責備和鄙視。

冬樹為了不讓人知道他和公開此事的行為有關，裝作不知情，為上課做準備。

後來到了下課時間、午休時間，古島他們依舊沒聚在三谷身邊。他們想必是明白自己現在所處的情況了。要是再繼續霸凌，或許又會有新的告發，說加害者他們完全沒反省。他們對此感到害怕。

霸凌停止了——

冬樹在桌上緊緊握拳。

我做了正確的事——

他這樣說服自己。雖然手段粗暴了點，但最後還是讓霸凌就此結束。我沒做錯。

放學後，他哼著歌走回家。

躺在床上確認推特上的情況。古島他們的本名被公開後，對他們的咒罵愈來愈激烈。

「不妙……」

冬樹不自主地自言自語起來。但他發現自己嘴巴上雖然這麼說，但嘴角卻緩緩上揚，明明沒人在看他，他卻急忙緊抿雙脣。

三天後，古島沒到學校上課，而前來上學的平塚和室井則是一臉憔悴。到了第四天，他們全都請假沒來上學。

霸凌的加害者從班上消失了——

一股陰暗的喜悅滲進心中。

加害者他們遭受「正義之槌」的制裁，祥和再度造訪這間教室。

冬樹回頭偷瞄三谷。只見他緊咬著下脣，一直注視著桌面。從霸凌中解放的他，臉上沒有喜悅。

為什麼他的表情這麼陰沉呢。

冬樹突然感到一陣焦躁——

他握緊拳頭，站起身，走到三谷的桌位旁。因為影子籠罩在課桌上，三谷就此抬頭。

「……真是太好了。」

冬樹對他說道。

三谷一臉困惑地回了一聲：「咦？」

「你知道的嘛，古島同學他們都沒來上學了。」

三谷雙脣緊抿，別過臉去。

「……你不覺得高興嗎？」

經詢問後，三谷以一臉苦惱的表情回答道：

「沒什麼好高興的。」

「為什麼？」

冬樹不小心提高了音量。

「……你知道現在社會大眾在做什麼嗎？一旦知道『就算對他們加以攻擊也可以被原諒的目標』，就會像要拿對方當壓力宣洩的出口般，盡情地謾罵……」

冬樹萬萬沒想到被害人竟然會回這麼一句話。

他一邊感到困惑，一邊出言反駁。

「可是，他們是霸凌的加害者。算是自作自受。」

「自作自受——」

「沒錯。因為他們霸凌別人，所以得到相對的報應，這也是理所當然吧。」

三谷隔了一會兒，轉頭面向冬樹。與他像在控訴般的視線交會。

「如果是這樣，現在在霸凌古島他們的網友們，又有誰會給他們報應？」

「報應——」

冬樹無法理解三谷的說辭，忍不住笑了。

「知道霸凌這件事的社會大眾，就只是在批評他們的惡，才不是在霸凌古島同學他們呢。」

三谷微微偏頭。

「是這樣嗎……？」

「沒錯。」冬樹馬上回答。「這是對的行為。」

三谷閉上眼。

「可是，在推特上攻擊古島他們的，是不相干的人，算是局外人，是第三者。只要有自己覺得對的理由，不管用什麼方法攻擊別人，展開謾罵，都無所謂嗎？」

「不，你這樣說有點卑鄙。」

「不就是這樣嗎？不然你說，怎樣的理由可以霸凌，怎樣的理由不能霸凌？這是誰決定的？是看霸凌者的心情嗎？」

「因為批評不算是霸凌。」

「不算是霸凌——」

這次換三谷笑了。

「……怎樣？」

冬樹的聲音帶著一點焦躁。

三谷以冷笑般的口吻回答。

「這和霸凌的加害者用的是同樣的道理，你發現了嗎？只要被害人覺得被霸凌，這不就是霸凌嗎？世上那些覺得自己對的人，不就是都這麼主張嗎？他們說的去死、人渣、噁心，這是批評嗎？只要在自己心中將謾罵正當化，就能隨意羞辱別人嗎？」

三谷就像被什麼附身般，說個不停。

「才不是呢！」

為了不被三谷的邏輯吞噬，冬樹只能大聲反駁。班上有幾個人嚇了一跳，轉頭看他們。但很快又繼續他們的談笑。

如果認同三谷說的這些好聽話，那我做的事不就——

「不論是霸凌還是歧視，幾乎都沒人是明知這樣是錯的，還刻意這麼做。他們是真心認為自己這麼做是對的。也絕對不想去懷疑這樣的正確性。因為他們的行為百分之百正確。」

三谷以空洞的眼神說出這番話，冬樹受他震懾，半晌說不出話來。

三谷為什麼要說這種好聽話，反過來指責想幫助他的人呢，他無法理解。

三谷並非局外人，而是當事者。是霸凌的被害者。霸凌的被害者說這種話，頓時讓任何反駁的理由都失去意義。

太奸詐了——

冬樹就只是靜靜注視著三谷。

5

隔天，冬樹帶著內心被攪亂成一團的情緒上學。自從聽了三谷那番話後，他已提不起勁看社群網站，完全沒上網看。

當然沒看到古島他們。他們一直沒來上學。

不管三谷怎麼說，壞人已經被消滅了。

祥和重回教室，又能專心上課了。其他同學心裡應該也很高興才對。所以這結果是好的。將古島他們公布在社群網站上是對的。因為這終結了教室裡的霸凌——

鐘聲鈴響後，石澤來到教室。露出平時所沒有的凝重表情。

石澤踩著沉重的步履站上講臺後，大家可能是感受到這股非比尋常的氣息，教室裡頭頓時鴉雀無聲。眾人的視線都往導師身上匯聚。

「呃，各位。」他的聲音透著沉重。「有件事很難啟齒，我有重要的話要跟各位說。老師也是剛剛才接獲聯絡，還不清楚狀況，不過，古島被送往醫院，意識不明，情況相當嚴重。」

冬樹一時懷疑自己的耳朵。

古島——？

此事來得太突然，沒有現實感。

到底發生了什麼事？

石澤因苦惱而皺著眉頭。

「……聽說他從陽臺跳了下來。」

冬樹大感錯愕。

古島自殺未遂——

同學們一陣譁然，但都沒人問「為什麼」。因為沒必要問也知道。原因就出在他以霸凌者的身分在網路和推特上遭到出征，這已毋庸置疑。

沒想到他會自殺——

冬樹一時大受打擊，無法思考。

「總之，第一節課先自習。大家別喧譁，在位子上坐好。」

石澤匆匆離開教室。

老師們想必也很混亂吧。自己教的學生想自殺，身為導師更是難辭其咎。

石澤離開後，同學們不約而同起身離席，開始聊起古島的事。但現有的資訊太少，大家都半信半疑地談論著這件事。

三十分鐘過後，石澤返回，宣布今天的課不上了。

「另外——松木，我有話跟你說。」

冬樹一時沒注意到老師叫他名字。

他困惑地環視四周，同學全都靜靜地望著冬樹。三谷的視線也在其中。

為什麼老師不是找三谷，而是找我——

他抱持著隱隱的不安前往教職員室。

來到裡頭的房間，剩他與導師獨處後，石澤命他「坐下」。
冬樹不發一語地拉開鐵管椅坐下。石澤隔著長桌坐他對面。
隔了一會兒後，石澤開口道：
「就像我剛才說的，古島現在意識不明，情況很嚴重。」
「是……」
冬樹微微點頭。重新聽老師這麼說，古島自殺未遂的沉重感頓時壓在他身上。
「聽說他在網路上遭人強烈地中傷。」
冬樹無法直視石澤的眼睛，從他臉上移開視線。
「這樣啊……」
「沒錯。好像是有人說古島他們是霸凌的加害者，在推特上公布他們的名字。平塚和室井是這麼說的。他們就此遭到網友圍攻。」
在罪惡感的折磨下，深感痛苦。
「呃……」冬樹注視著長桌問道。「為什麼要跟我說這些話？」
石澤從鼻孔呼出氣息。
「……在推特上發文的人是你吧？」
「不是！」

冬樹忍不住大聲應道。

「真的嗎？」

「真的。」

「……你看著老師的眼睛回答。」

冬樹抬起視線，望向石澤的雙眼，但馬上又移向一旁。

「不是我。」

我沒說謊。在推特上告發的人是前川學長。

雖然試著在心中如此辯解，但還是擺脫不了身為共犯的罪惡感。

「松木，」石澤的口吻變得嚴厲。「是你做的吧？拜你之賜，教職員室的電話每天響個不停。其他老師也很傷腦筋呢。」

石澤事不關己的這番話，令冬樹一股焦躁湧上心頭。

歸咎起來，都是因為老師裝沒看見，你才是元兇吧。要是老師能正確地做出裁決——好好解決這件事的話，就不會發生這種事了。

「……可是，古島他們是霸凌的加害者。」

「現在知道結果，你仍舊認為你做的事是對的嗎？」

雖然反駁的話來到嘴邊，但沒說出口。

「你真的是為三谷著想嗎？看那群傢伙不順眼，想好好懲罰他們——你難道沒這麼想過？你能抬頭挺胸地說你完全沒這樣的情感嗎？」

石澤說的好聽話——正確的言論，令冬樹感到煩躁。感覺石澤根本是把自己的不負責任擺一旁，擺出老師的身分在向人說教。

你之前明明只會袖手旁觀——

現在反倒來責備採取行動的人？

自殺未遂那是古島自己的選擇吧？他自己先霸凌別人，等遭人批評，就想一死了之，太懦弱了。

「我……！」冬樹猛然站起身，鐵管椅往後倒。「我沒有錯！這不是我造成的！」

石澤大喊一聲：「喂！」

冬樹轉身衝出房間。石澤在後面叫喚「我話還沒說完呢！」，但他不予理會，就此衝出教職員室。

回到教室後，只有三谷一個人留在教室裡。

「啊……」

其他同學似乎老早就回家了。

三谷抬起臉。臉色就像死人一樣蒼白，臉上沒半點表情。

「你……」

冬樹朝他走近，出聲喚道。

雖然出聲叫喚，卻不知道自己到底想說什麼。但猛然回神，自己已說出一切。

我看你被霸凌，無法裝沒看見，於是找導師石澤商量，但他毫無作為，所以我改找學長商量，學長在推特上公開他們的名字——

「這樣啊……」

三谷以毫無感情的聲音低語。就像早已知道一切似的——

「古島會自殺，都是我——」

「是我逼他自殺的。」

說到一半，被三谷的聲音蓋過。

冬樹反問一聲：「咦？」

身為霸凌被害者的三谷，沒有任何疏失或過錯。他不必覺得自己有責任。

他到底在說什麼？

「古島他們，沒霸凌我。」

「咦？」冬樹忍不住加重嗓音。「不管你怎麼看，那都是霸凌沒錯。」

就算三谷認為那不是霸凌，是朋友間的惡作劇，周遭人也不會這麼看。

「你還要包庇他們三人嗎？」

雖然自知責怪被害人很不應該，但還是忍不住逼問。

然而，三谷卻搖頭說「不是這樣的」。他仰望天花板，嘆了口氣。

「是我拜託古島他們欺負我。」

6

不懂他這句話的含意。感到一陣耳鳴，難道是錯覺？

「這是……什麼意思？」

三谷頹然垂首。

「你說是你拜託他們欺負你？」

冬樹又問了一次。

三谷緩緩抬起臉。

「……我哥當初讀這所高中時也被霸凌。班上每個人都當他不存在，辱罵他。也曾被人撕破課本和筆記本。我和哥哥同住，感情一直都很好，所以我發現了不對勁。」

冬樹猜不出他這故事的後續發展，只能跟著點頭附和。

「他有一本筆記，上面寫滿了『去死』、『別再到學校來了』、『人渣』等不堪的字眼，我哥為了不被父母發現，將它撕碎後丟棄。」

「有這種事……」

三谷在桌上緊緊握拳。

「我是從我哥的同學那裡聽來的。他跟我說，你哥好像在超商偷東西。這事被我哥班上同學知道，大家就開始霸凌他。就跟這次的古島他們一樣，我哥被認定是『不管被怎樣謾罵都行的壞蛋』。」

——只要有自己覺得對的理由，不管用什麼方法攻擊別人，展開謾罵，都無所謂嗎？

——他們所說的去死、人渣、噁心，這是批評嗎？只要在自己心中將謾罵正當化，就能隨意地羞辱別人嗎？

三谷真切的陳訴，在腦中浮現。

「偷東西是不對。」三谷說。「但認定他就是『壞蛋』，說自己是正確的批評，將自己的行為正當化，每天辱罵我哥，攻擊他，否定他的人格。做這種事的，都是不相干的第三者。我哥被逼急了，就此自殺。」

這是宛如直接一拳打向心臟的強烈衝擊。

三谷的哥哥是自殺——

冬樹想起兩年前在這所高中發生的霸凌自殺事件。那是三谷的哥哥嗎？

「不相干的第三人，有把人逼到自殺的權利和資格嗎？」

沒有——

聽了三谷說的話，現在他可以斷言。偷竊雖然有罪，但三谷他哥哥的同學們所做的事，無法就此正當化，這是霸凌。

「可是——」冬樹向三谷詢問。「那件事和這次的事，有什麼關聯？」

「他們是公然對我哥進行霸凌。導師理應知道卻裝沒看到。那個人就是石澤老師。」

突然提到導師的名字，冬樹嚇了一跳。

「我哥自殺後，我父母請學校主持公道。他們說霸凌是造成憾事的主因，請查明清楚。因為我將霸凌的事告訴了父母。但校方卻否認有霸凌。」

兩年前的自殺事件，遭校方否認，這事就這樣漸漸淡化。

「校長也說，他是因為偷竊的事而在學校待不下去，為此憂慮發愁。講得好像我哥是因為罪惡感自殺似的。而且話中隱隱透露著，要是我們跟人說這件事疑似是因為霸凌，他們會很困擾。校長還很肯定地說『石澤老師是位優秀又明理的老師』。我認為導師一定知道班上霸凌的事。但我苦無證據，很不甘心……」

三谷的表情帶有悲壯的覺悟。

「我想揭發石澤老師的真面目。」

冬樹為之一驚。

「如果石澤老師真是那麼好的老師，不可能會對我遭霸凌的事視而不見。所以我跟交情好的古島他們說明這件事，請他們配合我演這齣戲。」

這莫大的衝擊，令冬樹說不出話來。

他萬萬沒想到這場霸凌是演的。

古島他們是無辜的——

如果是這樣，那他的行為又算什麼？

「……我請他們三個人欺負我，之後就等同伴去跟石澤老師告狀。我還請女生送老師一個裝有竊聽器的座鐘，打算用它來竊聽老師的談話。這種東西在網路上很輕鬆就可以便宜買到。」

冬樹想起石澤辦公桌上那個小狗造型的座鐘。沒想到那竟然是竊聽器——

「我從教職員室回教室的那天放學後，古島他們逼問我『是你去打小報告對吧』。難道那是……」

「我的同伴在行動前，看到你心事重重地走出教室，心想，你該不會是要去找老師吧，於是古島便開始竊聽聲音。你提到霸凌的事。不過，後來老師把你帶進裡頭的房間，聽不到你們的對話。所以古島才會想問你，石澤在接受霸凌諮詢時，是怎樣的態度。」

冬樹只能呆立原地。

「我發現石澤老師從後門的小窗戶往教室裡窺探。從中明白他已經知情。但他應該看到我被霸凌了，卻遲遲不出手。」三谷臉上透著失望。「如果他真是一位不會對霸凌視而不見的優秀老師，我被霸凌時，他應該會採取行動才對。但結果他卻是裝沒看見。我想，我哥被霸凌的事他也知道，他只覺得和他沒關係。」

這時，從教室門口傳來腳步聲。

冬樹和三谷不約而同地轉頭望去。此時站在門口的人是石澤。看到他那一臉嚴肅的表情，他們馬上明白，石澤已聽到他們剛才的對話。可能是之前冬樹話說到一半跑走，他追了過來吧。

石澤面無表情地一步一步走近。

冬樹做好提防。

「三谷——」，石澤發出不帶半點情感的聲音。「你剛才說的話是真的嗎……？」

三谷瞪視著石澤。

「……明明有霸凌的存在，老師卻完全不採取行動。裝作沒看見。跟我哥那時候一樣——」

石澤垂落在身體兩旁的手，緊緊握拳。

「當初有霸凌對吧？我哥因為偷竊的事被人知道，而遭到全班的霸凌。他就是因為這樣才自殺。」

石澤視線游移。但接著他頹然垂落雙肩，以看開一切的聲音說道：

「當時確實有霸凌。是老師的罪過。」

三谷重重嘆了口氣。

「有霸凌的事實——你裝沒看見的事實，你現在都承認了是嗎？」

「老師我——什麼忙也幫不上。就這層含意來說，我確實是裝沒看見。」

「我哥他是因為霸凌而自殺。」

「沒錯。確實是這樣。這就如同老師是引發霸凌的原因一樣。」

引發霸凌的原因——？

石澤到底在說些什麼？

三谷蹙起眉頭問道：「這話什麼意思？」

「兩年前我接獲報告，說你哥——三谷，被班上的兩名同學霸凌。老師當時並沒有忽視這件事。」

「咦？」

「霸凌是不對的。是錯誤的行為。所以老師召開班會，提出這個問題。在全班面前公審那兩名霸凌的加害者。」

石澤以懊悔的表情注視著地板。

「我在全班面前說明霸凌是多惡劣的事，向那兩名做出這種行為的學生訓話。那算是某種獵殺女巫。對惡人的公開處刑。事後回想，我應該先把他們兩人叫去諮詢室，聽他們怎麼說。但我最後選擇在班會上追究他們的過錯。」

石澤就像在強忍心中的悔恨般緊咬下唇。教室裡的空氣變得像含鉛一樣沉重，令人喘不過氣來。

「當時老師的心中，是否完全沒有半點其他不純淨的情感呢？例如希望在別人眼中，我是個為學生著想，有道德感的好老師，是個為霸凌感到憤怒，能明確挺身糾正霸凌，明理的老師，想就此獲得眾人認同的情感。我不敢說我完全沒半點這種情感。因為我率先選擇的，是有許多雙眼睛在看著我的學校，而且是教室這樣的公眾場合。」

石澤責備自己的這番話，重重刺向將古島他們的事公布在社群網站上的冬樹。

「如果真的想解決霸凌，至少也不應該在全班面前公開這件事，不是嗎……」

石澤當初想必經歷了一番內心糾葛。從他的語氣中深切傳來這種感覺。

「面對老師的說教，那兩名加害者提出反駁。說三谷在這所高中前的超商裡行竊被逮，是名罪犯，他被帶往超商辦公室時被人看見。還說他們只是在責備罪犯，所以這不算霸凌。這是揭發，只能稱之為揭發。如果將這兩名加害者叫到個別室，只和他們私下談，應該就能防止這件事被揭發。他們兩人在眾人面前被視為『大壞蛋』，他們為了自保——為了減輕自己的罪業，只能揭發三谷的罪過。老師沒能顧慮到這點，就只是順著正義感行事。我想過要趁著三谷那件事的機會，告訴大家霸凌的問題。三谷的問題，是他自己的問題，不該用它來當作惹出其他問題的題材。結果三谷行竊的事，就這樣全班都知道了。」

「所以我哥受到更嚴重的霸凌——」

「知道行竊一事的，原本只有那兩人。但是對那兩人公審的結果，使得三谷過去犯下的罪擴散開來。大概在老師看不到的地方，三谷受到嚴厲的責怪和批評吧。如果說偷竊的人不對，這確實沒錯，老師也無話可說。要是說我對這樣的情況裝沒看見，或許也真是如此。」

三谷沉默不語。此刻他心中激起怎樣的情感漩渦，從表情無從窺探。

「三谷自殺後我才知道，其實三谷參加棒球社時，好像被社團裡的學長們霸凌。

還遭到恐嚇勒索。等到他連自己的零用錢付不出來了，對方便教唆他從父母的錢包裡偷錢，他拒絕後，他們便逼他偷竊。他備受脅迫，無法反抗，最後只能順從。在不得已的情況下行竊失敗，被店員逮個正著。」

三谷瞪大眼睛。

「我哥他──」

「其實他根本沒犯罪。不，雖然他確實動手偷竊，但那是因為被人脅迫。要是能在他自殺前知道這件事的話……我對此深感懊悔，但一切已經太遲了。其實這種事只要稍微想一下，就會明白……」

三谷以求助般的眼神注視著石澤。

「既然你這麼後悔，為什麼對我的事裝沒看見……」

石澤表情扭曲。

「因為之前發生你哥的事件，對霸凌的問題該怎麼處理才是最好的做法，我都弄糊塗了。現在也還是沒明白。我一直很苦惱。有時將它當成問題來處理會造成反效果。而且這也不是對加害者展開公審就能解決的事。」

冬樹緊按胸口。

想懲罰加害者的情感控制了他，就此在推特上公開古島他們的身分。雖然提議的人是學長，但冬樹自己也沒阻止他。現在他已無法否認自己心中曾有這樣的情感。

最後，那三個無辜的人在網路和推特上被當作霸凌的加害者，慘遭圍攻，被逼入絕境。古島甚至自殺未遂。

雖然冬樹不知道內情，但是逼古島走到這一步的人，確實就是他。在匿名公開此事前，要是先和當事人——例如和三谷本人談一談，聽聽他的感受，就不會做出這麼武斷的選擇了，不是嗎？他沒好好面對眼前的霸凌，而是想以匿名的方式公開加害者的身分，給予懲罰。這導致古島自殺未遂。

石澤以痛苦的聲音說道：

「霸凌非得想辦法處理不可，但當下情緒性的行動，不見得就是正確的。老師查看教室裡的情形，查看是否真的是霸凌，如果確認沒錯，該採取什麼行動才好，我為此相當苦惱。一切都是為了想出答案。」

三谷語氣柔弱地低語道：「就算是這樣，也未免太……」

「抱歉。要是老師馬上採取行動的話，或許就能阻止這次的情況發生。但我感到害怕。隨便採取行動，有時會讓人痛苦、受傷，甚至造成最糟的情況。所以我想謹慎地判斷。」

石澤不是對三谷遭霸凌的事裝沒看見，而是一邊觀察，一邊裝沒看見。為了解決問題——

看起來一樣，卻又不太一樣。一種似是而非的態度。冬樹不覺得身為老師的石澤這樣的判斷有錯。

怎樣才是對被害人的學生最好的做法，石澤一直在思考這個問題。而他這種謹慎的態度看在三谷眼裡，卻像是故意裝沒看見——

也許石澤不是個不負責任的導師。倒不如說，他是因為責任感太強，而感到後悔、苦惱、痛苦、糾葛、迷惘。如果是這樣，真正有錯的到底是誰？該責怪誰才好——？

冬樹緊緊咬牙。

「老師……」三谷緊咬下脣，低著頭。「我……」

石澤望向三谷的眼神，帶有憐憫之色。

「我……我很抱歉。」

石澤沉默不語。那是在思索該說什麼才好的表情。

「我才是那個對自己的罪過裝沒看見的人。也許我明知哥哥遭人霸凌，卻沒採取任何行動。」

三谷望著地板的雙眸變得濕潤。

「對哥哥遭霸凌的事裝沒看見，其實我也一樣。但我不去面對這樣的罪過，卻指稱老師有罪……還說要揭發這件事……我自以為是出於正義感，但也許我只是想證明，除了我以外，還有人應該背負起害我哥自殺的罪過，想藉此否認自己有罪。」

三谷開始嗚咽起來。

石澤走向前，伸手搭在三谷肩上。

「三谷，你沒錯。當時還是國中生的你，幫不了你哥的忙。」

「可是！」三谷抬起他淚濕雙頰的臉龐。「我知道我哥被霸凌的事！」

「儘管如此，你還是沒必要覺得自己應該為此負責。真正有錯的人，是老師我。抱歉，我真的很抱歉。」

石澤緊緊握住三谷的肩膀。

「你別再折磨自己了……沒有人會審判你。」

三谷開始抽抽噎噎。

「要不是我自作聰明的話，古島他……就不會變成這樣……」

「將古島逼成這樣的，不是你。你別自責。」

「……是。」

「現在我們就一起祈禱古島能早日恢復意識吧。你今天先回家休息。」

三谷以衣袖拭淚，行了一禮說道：「謝謝你，老師……」

兩人之間有一股誤會冰釋的安心感。
教室裡再次重回原先的寂靜。
彌漫著一股彷彿一切全都解決了的氣氛。
但一切都尚未結束，不是一句「謝謝」就能了事，錯的人是我。我以為只要對加害者展開公審，讓他們接受社會的制裁，問題就會解決，就此性急地展開情緒性的行動。
我和前川合謀的行為，與不知道三谷他哥行竊的背後原因，就指責他是罪犯的同學們一樣。一樣的罪過。
三谷露出些許得到救贖的表情，相對於他，冬樹則感到自己的心情沉入谷底。
古島的自殺未遂，是肯定私刑的他所犯下的罪——
而即使身為第三者，卻認為自己有權利懲罰加害者的這些社會大眾，同樣有罪。
女巫——世人眼中的惡人，在公開場合中被架上十字架處刑。眾人一起朝惡人丟石頭，看他們接受懲罰，享受這種快感。中世紀歐洲的價值觀，根本就還留存在現今的日本。
過去我一直害怕變成被害者「女巫」。被古島他們逼著自白，一旦承認，就會被吊起來公審的「女巫」——但根本不是這樣。「女巫」是古島他們，而我是「審問官」。將無辜的「女巫」們吊起來的「審問官」——

對古島他們展開誹謗中傷的人們，一定不知道背後有這樣的真相。也沒發現他們自己成了審問官。就算知道古島自殺未遂的事，也只會在當下暗呼「糟糕」，刪除出言中傷的推文，接著又再攻擊下一個「惡人」——

沒錯。霸凌一定不會消失。

因為社會大眾發現，只要高舉正義的大旗，就能得到攻擊他人的快感，完全不會有罪惡感。

冬樹闔上眼。

但就算每個人閉上眼視而不見，他還是覺得自己對古島的自殺未遂有一份罪過。絕不能裝沒看見。

造成古島自殺未遂的他，會一輩子都背負著這個罪惡感嗎？

一個沒人可以做出判決的罪——

這時，教室門外傳來聲響。

冬樹猛然一驚，回頭張望。腳步聲就此跑遠。

他情緒激動地朝門口奔去，往外探頭。就在那一瞬間，他看到一件繞過走廊轉角的裙子。

被某個女學生聽見了——

聽見他們三人的對話——

他的罪行——

冬樹緊緊握拳，指甲都快嵌進皮膚裡了。

要是那名偷聽的女學生告訴別人——或是在推特上發文的話——

將無辜的古島逼到自殺未遂的罪行，將會遭到審判。由那些想審判別人罪行的人們——

下一個女巫就是我。

匿名群眾拋來的惡言石塊，此時伴隨著真實感，全身都能感受到它帶來的疼痛。

現在我真的很希望他們能對我的罪行裝沒看見——

冬樹打從心底如此祈禱。

保護

她穿著制服，佇立在超商前。不能留她自己一個人！

某個下雨天，早川滿雄下班後順便繞往超商，結果遇見了她。她可能是沒帶傘，一直站在屋簷下。滿雄忍不住出聲叫她。

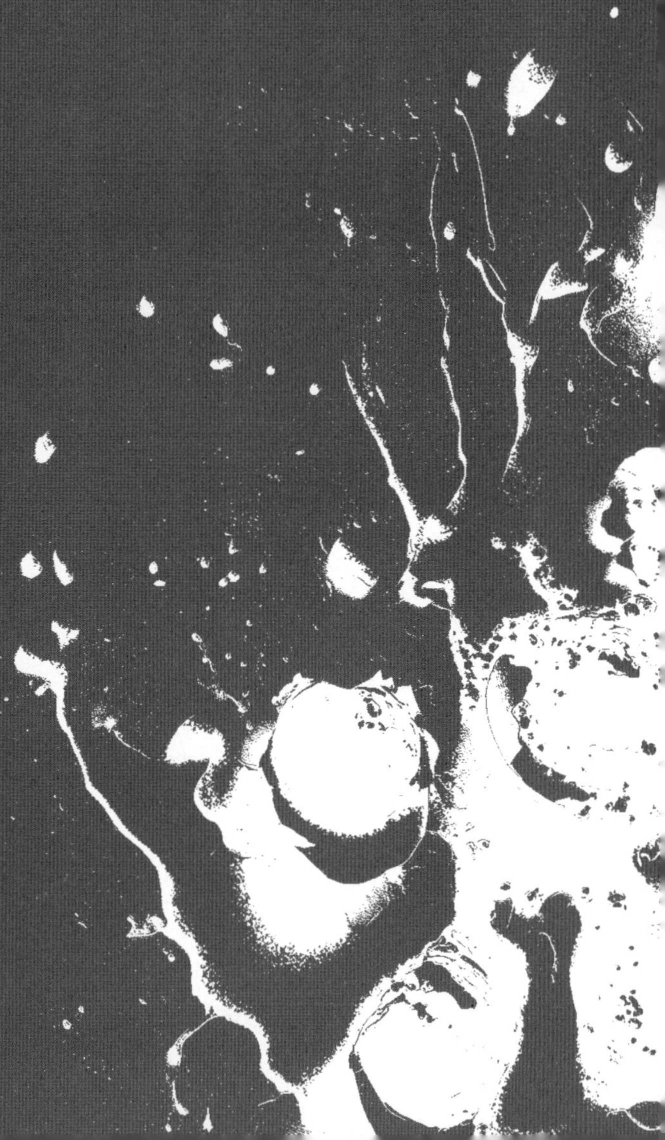

1

第一次遇見她是在夏夜的雨中，當時他剛下班，順道繞往超商。

身穿水手服的她，腦後綁著馬尾，可能是沒帶傘吧，一直站在超商的屋簷下。以空虛的眼神望著眼前大雨形成的銀幕。

早川滿雄斜眼瞄了她一眼後，將還淌著雨滴的雨傘插進傘架走進超商內。他站著看了一會兒週刊漫畫雜誌。因為發薪日還沒到，現在手頭拮据，他只看自己關心的連載漫畫最新劇情。

他買了速食炒麵、炸雞便當、烏龍茶、能量飲料，走出店門。

滿雄已在店內待了十五分鐘左右，但她卻仍舊站在屋簷下。仔細一看，她被雨淋濕的水手服已近乎透明，浮現出內衣的顏色。

滿雄的目光本能地被她的身體吸引。

為了不讓對方發現他在偷看，他取出手機，假裝是在查看郵件。他對自己的行徑感到傻眼。

可能是最近工作太忙碌，憋太久了吧——

待會兒回去後，如果還有力氣，再自己打發吧。

稀稀落落的客人進出超商時，滿雄都會朝她偷瞄一眼。不過，大家可能是猜她有什麼原因吧，所以都沒出聲叫她，完全無視於她的存在。

儘管有腳步聲朝店門口走近，她也完全不抬眼瞧一下，看起來也不像是在等人。

滿雄從傘架裡抽出傘打開來，走向雨中。但就在他準備離開停車場時，他停下腳步，回身而望。一時間，感覺她也抬眼望向他。

「請問……」

滿雄拿定主意向她喚道。

她微微低著頭，濕透的頭髮遮住了她的半邊臉。

「妳沒事吧——？」

她的視線望向地面。持續望著地上的積水被雨粒打破，形成無數波紋的模樣。

尷尬的沉默持續了好一會兒。

滿雄改為以輕鬆的口吻和她說話。

「妳有傘嗎？」

本以為她一樣不會搭理，沒想到她低著頭開口道：

「我沒帶錢包就出門了，所以……」

「我買把傘給妳吧？」

她就像要把馬尾甩亂般直搖頭。

「我不想回家。」

她緊咬下脣，那陰沉的雙眸令人印象深刻。狂吹的風雨淋濕了她的短襪。

滿雄望著黑暗不斷綿延的道路，接著轉頭望向她。雙方又沉默了幾秒。

接著──

「我已經不想活了……」

她以幾乎被雨聲蓋過的輕細聲音低語。

──不想活了？

也許我招惹了麻煩事──一時間，後悔的念頭從腦中掠過。

彼此都陷入沉默。不過周遭的大雨聲卻愈來愈嘈雜。

自己明明主動開口搭話，但這時候要是冷冷地說句「再見」會有罪惡感。既然要見死不救，一開始就不該搭話。他的善心和後悔展開交戰。

滿雄說不出話，就只是一味地呆站在原地。她雖然在這裡躲雨，但橫向吹來的雨滴進一步淋濕了她的水手服。

她雙手摟著自己的身軀，身子蜷縮。濕透的身體在顫抖。

「好冷……」

口中逸洩出近乎嘟囔的話語。

她抬起臉。將濡濕的頭髮撥向耳後，露出整張臉蛋。

滿雄為之一驚，緊盯著她的臉瞧。她尷尬地別過臉去。

「不，我……」

像這樣吞吞吐吐的，也許聽起來才像是在辯解。

最近只要一提到女性的外貌就會構成性騷，帶著否定意味的就不用說了，連誇獎也會是性騷。在公司裡對所有員工舉辦的性騷擾講習中，講師一再嚴格提醒的教導，此時浮現腦中。當時他還很不悅地心想——比起性騷擾，還不如重視權力騷擾的問題吧。

這種如坐針氈的冷場一直持續。

一對走出超商的金髮男女，納悶地瞥了他們一眼，交頭接耳不知道在說些什麼。

他很在意別人的視線，知道自己原本冰冷的身體因難為情而變得燒燙。

雨愈下愈大。

「要去我住的公寓嗎？」

她咦了一聲，驚訝地抬起頭。兩人不發一語地對望了半晌。

雖然講得若無其事，但其實心裡慌亂，心跳加快不少。

會想要馬上改變態度，笑著說一句「剛才那是開玩笑的」，是因為他太欠缺與女性互動的經驗。因為他知道自己很沒女人緣，所以不擅長與同年紀的異性相處，總是能避則避。如果完全不抱持期待，就不會因此失望或受傷。

但現在——

滿雄再也耐不住沉默，主動開口。

「我就住附近，可以借妳毛巾……」

她眉間浮現猶豫之色。看到她這樣的反應，滿雄更加羞愧，說話像機關槍似的，急忙補上一句。

「這裡到了深夜，會成為飆車族聚集的地方，妳這個模樣站在這裡……」

滿雄無意讓她感到不安，但他說的是事實。上禮拜他到超商來買晚餐時，不巧遇見了那班人，被他們纏住。還被人一把揪住衣襟，直到自己主動奉上一張萬圓鈔，他們才放他一馬。

「你為什麼對我這麼好？」

「為什麼……？」

因為她那散發悲愴感的模樣太引人注意——這話實在說不出口。如果滿雄戀愛經驗豐富的話，一定就能輕鬆地回一句帥氣的答覆。

她要的答覆是什麼呢。

「……應該說……我沒辦法放著妳不管。」

他勉強用像是漫畫裡的臺詞來回答。

「我的住處又小又亂，但如果是要躲雨的話，好歹比這種店門口來得強……」

要是被她拒絕的話怎麼辦。如果她露出嫌棄的表情……

他只是覺得應該這麼做，才開口提議，可一旦說出口後，又不希望對方拒絕，產生一種很奇妙的心情。

感覺一秒就像十秒那麼久，幾乎都快被不安壓垮。

這時——

雖然看不太出來，但她第一次露出笑容。那表情令滿雄內心噗通一跳。

她低垂著頭，微微頷首。

意思是願意來嗎？

他差點反射性地要加以確認，急忙將來到嘴邊的話又嚥了回去。要是讓對方覺得他很認真，可能會產生戒心。

「或許有點濕。」

滿雄遞出傘。她比滿雄矮了約十五公分左右，所以他刻意把傘握低一點。她為了擠進傘內而靠了過來，肩膀碰觸他的上臂。滿雄過往的人生中，從沒與女性共撐一把傘，心頭小鹿亂撞。他擔心自己的心跳聲會不會比打在傘上的雨聲還大聲。

滿雄定睛望著正前方。極力不去在意她的存在。

兩人不發一語地走在住宅街上。

一整排的住宅、停放在一旁的車輛、等距離排列的電線桿——全因大雨的銀幕而迷濛，化為模糊的黑影。

「我叫早川滿雄。」

滿雄報上姓名後，她也回答道：

「我叫綾瀨春子。我上學時，朋友都叫我『小春』。」

「小春……」

她露出思索的表情，接著突然神情一亮，雙手用力一拍。

「那麼，就叫你小滿吧。」

小滿——

以我現在的年紀，不適合叫這麼可愛的暱稱吧——滿雄感到一陣心癢難搔，回以靦腆的微笑。

在他的人生中，還不曾有異性這麼親暱地叫過他。

他們並肩而行，抵達有二十五年屋齡的公寓。這是兩層樓建築，一旁是生鏽的鐵梯。

「我住二〇三號房。」

春子點頭應了聲：「嗯……」

這樣會不會構成犯罪啊——滿雄想著這個問題。感覺成年人與未成年人獨處，好像會觸法。

可是——

如果是當事人自發性的行為，應該不構成犯罪。話說回來，這也只是暫時提供可以躲雨的房間罷了。

他們一起走上樓，來到二〇三號房門前。滿雄收起傘，微微甩去雨水，從長褲口袋裡取出鑰匙。接著插入鑰匙孔，打開門。

「請進。」

滿雄請春子進入房內。

2

春子很在意自己濕透的水手服，脫了鞋走進屋內。

少年漫畫散亂地擺在床上，封面大多是面帶微笑的半裸美少女，應該是以輕小說當原作的漫畫。

滿雄急忙將床上的漫畫兜攏，插進擺在角落邊的一個小書櫃裡。

春子不經意地望去，發現地毯上擺了一本成人雜誌，上頭滿是猥褻的語句。

「啊……」

春子不自主地發出一聲驚呼，滿雄因聲音而做出反應，轉頭往後望。他看到春子視線前方的東西後大為慌張，將成人雜誌踢到床下。一邊擦拭額頭的汗水，一邊轉身面向她。

「那是……」

他的眼神游移。

春子面露苦笑，替他接話。

「我認為男人看那種書很正常……我不會在意的。」

她明白滿雄不是別有居心，純粹只是因為擔心才和她搭話。雖說目睹了男人擁有性慾的一面，但並不會感到不安。她反而很感謝滿雄，在大家都裝沒看見，路過不停的情況下，還好有他付出了關心。

滿雄拿起擺在圓形和室桌上的速食炒麵空盒以及冷茶的空瓶，扔進垃圾桶。

「抱歉，這麼雜亂——」

「不、」春子搖頭。「一點都不會。」

「真是不好意思。」

滿雄搔抓著臉頰，收拾掉在地毯上的紙袋和傳單。

「請不必在意。」

「抱歉。」

收拾完畢後，滿雄轉頭面向春子。但馬上又尷尬地別過臉去。

很快便知道原因是什麼。

濕透的水手服，透出底下的內衣，緊貼著肌膚。

「妳這樣子會感冒……」滿雄低聲說道。「看妳要不要去洗個澡……」

春子注視著他的側臉。

他應該是已經感覺到春子的視線，但一直避免與她目光交會。

事實上，打從站在屋簷下的時候起，春子就覺得冷。

她也曾試過在超商內打發時間，但待在裡面卻不買東西實在引人懷疑，旁人對她投以嫌棄的眼光，所以她馬上便走出店外。

「可是，我沒替換的衣服……」

春子語帶含糊。

滿雄似乎這才注意到這件事，猛然一驚，把臉轉正，慌忙地巡視室內。接著視線停在裡頭的衣櫃上，一邊口齒不清地咕噥著「呃……」一邊拉出抽屜。

他取出一件藏青色的運動服。

「妳不嫌棄的話，就穿這件吧。」

春子接過那件運動服。

「那麼……可以借浴室一用嗎？」

「嗯，當然可以。」

滿雄取出浴巾，指向玄關旁的一扇門。

「浴室在那邊。」

春子接過浴巾，打開浴室門，是廁所兼浴室。她鎖上廁所門，嘆了口氣。

她受不了父母的不諒解，經過一番爭吵後，一時衝動，只拿了手機就離家出走，其他什麼也沒帶。衝出家門後才發現外頭下雨，但既然已經撂下了狠話，斷然不可能現在又折回去，她只能繼續往前跑。

剛好看到那家超商，於是便在屋簷下躲雨。

每個人都對她投以好奇的目光，遠遠地望著她，或是無視她的存在，只有滿雄溫柔地主動向她搭話，令她有種獲救的感覺。現在甚至還借她浴室用，對滿雄很過意不去。

她想起以前曾夢想自己會有像少女漫畫般的邂逅。就算對方不像白馬王子那麼帥氣，至少也希望有一場命運般的相遇，雙雙墜入情網——當然了，她對滿雄沒這樣的情感。就只是一場有點特別的邂逅……

這時，手機傳出通知音。低頭一看，是母親傳來的簡訊。

『妳人在哪裡？』

這感覺像是在責怪，而不是擔心，春子沒回覆。

春子脫去水手服，光著身子。她重新檢視自己的身軀。與雜誌上看到的寫真偶像那完美的身材比例相比，感覺差了一截，她還嘗試過極端的減肥法，甚至連母親都對她提出警告，最後失敗收場。也曾嘗試過可疑的健康食品。

她討厭這種自我否定的感覺。但沒辦法，她就是看不破這點。

沖完澡後，她離開浴缸。

她穿上擺在洗衣機上的內衣褲，換上用來代替水手服的運動服。尺寸大上許多，衣袖蓋過手背，衣服下襬的長度也足以遮住大腿。

但只穿一件運動服還是很難為情，於是她穿上微濕的裙子後，這才走出浴室。

一打開門，坐在床前的滿雄，目光看向她的全身。

「……怎麼了？很怪嗎？」

滿雄再次移開目光。他坐在日光燈正下方，都可以直接看到頭皮了。

他怯生生地應道：

「看別人穿著我的運動服，有種奇怪的感覺。」

奇怪的感覺——是吧。

他是講得比較婉轉，還是一時找不到適當的用語？

是因為這種很常見的男女獨處場面，而感到興奮嗎？

難道他對我別有居心……？

春子假裝沒注意到他內心的想法，視線移往廚房。

「小滿，如果你還沒吃晚餐的話，我煮點什麼給你吃吧？」

「咦？」

「當作是對你幫助我的答謝……」

現場又陷入一陣沉默。

春子納悶地望向滿雄，只見他望著一旁的塑膠袋，一臉難以啟齒的模樣。

「啊，那是在超商買的……」

對哦，他之前在超商購物，回來的路上還拎著塑膠袋。

「你已經買好晚餐了。抱歉，我沒注意到。」

滿雄搔著頭。

「不過，如果妳肯下廚的話，我會很開心的。因為超商便當我已經吃膩了，吃得一點意思也沒有。」

「我想也是。我平時也常在超商或超市買現成的回來湊合一餐，所以我很了解。那就來煮點什麼吧。」

「真的可以嗎？」

春子走向冰箱，打開冰箱門。

「要是有食材就好了……」

感覺滿雄不像會做菜，所以她原本不抱持期待。但裡頭有生蛋、維也納香腸、豆腐、味噌、豬肉、袋裝青椒等——大致的食材都有了。

拉出下層的冰箱抽屜一看，還有其他蔬菜。

「我不是很會做菜，你別太期待哦。」

「不管妳煮什麼，我都很開心。以前住家裡，還會吃到我媽煮的菜，從那之後就再也沒吃過別人親手煮的菜了……」

春子取出食材，備好平底鍋。接著清洗砧板，擺上蔬菜。

她想上網查食譜，就此取出手機。打開搜尋網站，上面列出新聞一覽。在國際情勢和藝人外遇的眾多新聞標題中，映入她眼簾的是——

『東京一名四十六歲的男子，因疑似將十多歲的少女帶回家中而遭逮捕。他對少女的淫行……』

她看了大吃一驚，但她馬上告訴自己，眼前的情況不一樣，因為她是自己同意。她馬上在搜尋欄位裡輸入料理名稱，搜尋菜單。

當她開始做菜時，坐在客廳的滿雄向她搭話道：

「對了，妳為什麼離家出走啊？在那樣的大雨中……啊，妳不用勉強自己說沒關係。」

因為他那擔心的口吻，春子就此停下手中菜刀的動作。她緊盯著自己的手。腦中甦醒的，是不悅又氣惱的記憶。

「我爸爸……」

春子輕聲低語，話語卡在喉嚨裡。她握住菜刀刀柄的手暗自使勁。

「最爛了……」

「會動粗是嗎？」

「雖然我不會被拳打腳踢，但我爸動不動就吼人。例如『飯還沒好嗎！』，我媽不在家的日子，都是我負責做菜。但我爸總是很任性地抱怨，一會兒說『味道太重！』、一會兒說『沒茶了！』，我簡直就像他的奴隸。」

「真過分……」

——電視轉臺！

——棒球比賽不是快開始了嗎？

——再添一碗味噌湯！

父親吼人的聲音在耳畔浮現。

你自己做嘛——她強忍想如此回嘴的衝動，一再順從。父親也不曾感謝過她。

「我媽也是，完全無視我的感受。儘管同住一個屋簷下，但我的存在就像會讓她感到厭煩似的……連吃飯也是，有時她就只是給我零錢，叫我自己去超商隨便買點什麼來吃。」

「這樣啊……」

「我跟我媽抱怨我爸的事，結果她朝我吼道『他養妳，所以妳沒資格抱怨』。」

父母養孩子不是理所當然的事嗎——

春子很想這樣反駁，但這時候要是回嘴，就會換來數倍的情緒性發言，所以她一直都忍了下來。

「我爸媽都不去想像我的痛苦，成天只會吼我。我再也受不了待在那樣的家中，就此和他們大吵一架，衝動地離家出走。」

春子緊咬嘴脣。憤怒與悲傷糅合在一起，在她心中攪得一團亂。

「小……小春，妳平常都在做什麼？」

春子嘆了口氣，開始用菜刀切菜，沉默了半晌。

「……我都關在房裡。」

滿雄反問一聲：「咦？」

他應該不是沒聽到。

「我是繭居族。」春子羞愧地回答。「因為和女性朋友之間發生了許多事，遭到霸凌，就此對人際關係感到害怕，天天都窩在家裡。」

「原來是這樣。人際關係真的很複雜呢。我在公司裡也常被上司咆哮、欺負，覺得很厭煩。」

春子停下手中的動作，轉頭望向他。

「和我一樣……」

「這種事很麻煩對吧。只要有一個不講理的人在，就會是地獄。」

「就是說啊。」

「小春原來也有這樣的痛苦啊。我們是有同樣經驗的人，或許合得來哦？」

他半開玩笑地說道，苦笑了幾聲。

「我因為都窩在家中，所以都沒和別人說話……光是像這樣有個說話的對象，就覺得很療癒。」

「我也是，就只有在職場上會與人交談，而且談的都是工作上的內容，毫無樂趣可言。如果說會和誰聊天的話，大概就只有在遊戲的聊天室吧。不過最近很忙，都沒空玩。」

「人與人之間的關聯性，還是有其必要的。」

之後春子沒再說話，專心地做菜。

她做出蔬菜炒肉、豆腐味噌湯、日式煎蛋捲。雖是很普通的菜色，但做菜的時候很緊張。她將盤子擺在和室桌上，與滿雄面對面坐在地毯上。

「看起來真可口！」

滿雄發出興奮的驚呼，來回望著眼前的菜餚。春子也覺得自己做得很成功。

「太好了！」

春子朝他回以一笑。

「可是——」滿雄露出歉疚的神情。「要妳替我做菜，感覺對妳很抱歉。」

「為什麼？」

「因為妳不是因為被迫為妳父親做飯而覺得很厭煩嗎？」

「話是這樣說沒錯，但這是為了答謝你。我只是因為想做才做，和伺候我爸時完全不同。」

「……謝謝。」

滿雄又恢復原本天真無邪的表情。

「那我開動了。」

他開心地雙手合十，拿起筷子。夾起日式煎蛋捲送入口中。

春子緊盯著他的嘴巴。

「……好吃！這是什麼啊？從煎蛋裡流出美味的湯汁，我從沒吃過這種東西。」

滿雄臉上笑意噴發。

喜悅不斷湧現。

春子打算日後要是有男朋友就要做菜給對方吃，所以很努力練習這些料理。之後兩人輕鬆地閒聊，一起用餐。

春子確認時間，得知現在已是晚上十一點半。滿雄也順著她的視線望向座鐘。

「呃……」滿雄吞吞吐吐地開口道。「怎麼辦才好呢……？」

「什麼怎麼辦？」

「已經這麼晚了……如果妳要傘的話，我可以借妳。」

春子從他臉上移開目光。

「我不想回家……」

就算沒看對方的表情，也可以知道滿雄此時倒抽了一口氣，傳來他的緊張。

「就算回家，看到我爸媽也只是覺得心煩而已……」春子急忙補上一句。「我是這個意思。」

「啊、嗯，當然、當然。」

春子朝他瞄了一眼。

他也別過臉去。傳進室內的雨聲變得更大了。

春子手指把玩著髮梢說道：

「我可以……在這裡過夜嗎？」

滿雄吃驚地抬起臉。

「在這裡？」

春子點頭。

「在這種大雨下，我不想到外頭去……」

「也是啦……」

滿雄朝房內的床鋪望了一眼，接著目光回到春子身上，不禁吞了口水。

可以清楚看出他內心的糾葛。

但春子繼續裝沒看見。

「該怎麼辦才好呢……？」

她以模糊不明的話語，等候對方的反應。

滿雄輕撫著自己的手指。接著他呼出夾帶緊張的氣息，一樣沒看向春子，開口說道：

「那麼，小春，妳睡我的床鋪吧。我……」他望向地毯。「我就睡這邊。」

「這樣好嗎？」

滿雄笑著應道：「我早習慣了。因為我常睡覺時跌到地板上。或是因為工作太疲勞，直接就躺在地毯上睡著。」

「謝謝。」

春子站起身，走向床鋪。

接著換滿雄走向浴室。

「小滿，你不睡嗎？」

在春子的叫喚下，滿雄轉頭望向她。

「我洗完衣服後再睡。妳那件淋濕的水手服，也得洗起來晾乾才行。」

「抱歉，給你添麻煩。」

「不會啦。那我熄燈囉。」

滿雄按向牆壁的開關，熄去天花板的日光燈，室內籠罩在黑暗中。

他走進浴室後，春子躺向床鋪。她蓋上棉被，閉上眼。

過沒多久，睡魔向她襲來。

3

四十歲和十七歲是吧。

這樣的年齡差距，會構成某種犯罪嗎？

滿雄在昏暗中望著睡在床上的春子身影，重新思考這個問題。

——就只是在同一個屋子裡度過一夜。

他意識到自己因緊張而變得響亮的心跳聲，做了個深呼吸讓心情平靜下來。將鬧鐘設在早上七點十分後，就此躺向地毯。

雖然鋪了地毯，但身體還是感覺到地板的硬度而難以入眠。先前回答說他習慣睡在地毯上，其實是善意的謊言，他從以前就是「一換枕頭就睡不著」的那種人。但在這樣的處境下，展現男人的貼心也是理所當然。

滿雄閉上眼。

失去視覺後，其他感覺變得更為敏銳。她的呼吸聲鑽入耳中——

意識到一旁有睡得這麼沉，毫無防備的春子在，他更加睡不著了。

與異性單獨相處的空間令他感到緊張，此刻自己的房間宛如成了別人的房間。過去他從未有與女性交往的經驗，所以對眼前的狀況無法免疫。

最後，他整晚沒睡，直到天亮。

「——滿。」

意識中，有個陌生的聲音潛入耳中。

「——小滿。」

滿雄在半夢半醒的狀態下，應了聲：「咦？」

「小滿！天亮了！」

有人搖晃他的身體，滿雄揉著眼睛睜開。春子的臉龐就在他正前方。

「哇！」

他忍不住大叫一聲，意識瞬間清醒。他反射性地坐起身，春子也往後抽身，從他面前移開。

昨晚的記憶像雪崩般全部甦醒。

對了，昨晚春子在超商躲雨，我主動向她搭話，讓她在屋裡過夜。

「你也差不多該起床了吧？」

滿雄猛然一驚，轉頭往後望。鬧鐘的時間已過，應該是無意識間按掉了鬧鈴。現在時間是七點二十分——

「糟糕……」

滿雄彈跳而起。

「要是遲到，會被上司唸死。」

他急忙伸手拿起西裝，衝向廁所，開始刷牙洗臉。換好衣服後回到客廳。

春子站在廚房。平底鍋發出「滋」的聲響。

聞氣味便知道是維也納香腸。

「總有時間吃早餐吧？」

滿雄低頭看錶。

「……嗯。」

「雖然只是簡單的早餐，不過我已經在做了，你等一下哦。」

拉開窗簾一看，窗外是大晴天，昨晚的大雨彷彿根本沒下過似的。

他一邊準備上班，一邊等候，這時春子在和室桌上擺出炒蛋、維也納香腸、味噌湯。還在碗裡添好飯，連同烏龍茶一起端來。

「謝謝。」

他坐向和室桌吃早餐。自從開始獨居，吃自己做的菜總覺得索然無味，強烈感受到孤獨感，但現在光是有人做飯給自己吃，心情便截然不同。儘管是同樣的維也納香腸，也感覺特別可口。

他想起小時候運動會時，母親為他準備的便當。雖然是簡單的菜色，但說來也真不可思議，感覺既新鮮又美味。

吃到一半時，滿雄停下筷子，定睛望著她。

「妳得回去了——對吧？」

春子因為下大雨而發愁，自己只是留她在這裡過一夜，他明白離別很快就會到來。

儘管如此——

春子柔弱地點點頭。

「畢竟雨也停了。」

「是啊。」

雖然是早知道的事，但說出口之後，心中突然感到一陣落寞。滿雄發現自己因為她的溫柔和包容力而得到療癒。

為了掩飾自己心中的情感，他趕快扒完早餐，站起身。

「我得去上班了。」

滿雄嘆了口氣，將五千日圓的鈔票和房間鑰匙遞給春子。她偏著頭感到不解。

「這是交通費。妳身上不是沒錢嗎？鑰匙請幫我緊貼在室外機底部擺好。妳的水手服已經烘乾了，擺在廁所裡。」

春子一臉躊躇地收下五千圓鈔票和鑰匙。

滿雄轉身背對她，百般不願地走出公寓。像沙丁魚般擠在一早滿滿都是人的電車裡，前往公司上班。

因為工作上的疏失，一早便被二十八歲的上司咆哮。

「你腦袋真的很差耶！要教幾遍你才學得會啊？」

滿雄低著頭，忍受這樣的悲慘。

「對不起……」

「就是這樣才會只有國中畢業！」

這位上司畢業於東京數一數二的私立大學。總是仗著高學歷展現他的權威。

「要多動點腦筋。學歷相差太多，沒辦法理解我說的話，這樣我很傷腦筋呢。」

「對不起……」

眼下只能道歉，靜候風暴過去。儘管明白對方是拿他當宣洩壓力的出口，但還是無法違抗。

儘管一再挨上司咆哮責罵，他還是繼續工作。常感到胃痛，冒冷汗。

上頭丟給他的工作堆積如山，在下班時間前根本就忙不完。這讓他了解到自己的無能。

滿雄結束加班，離開公司。嘆著氣走在夜路，來到車站搭乘電車。車內坐滿了人，沒位子可坐。

他望向空著的博愛座。

那怎麼能坐呢——

良知提醒了他，他沒坐。在電車裡站了十五分鐘後，在離家最近的一站下車。在烏雲籠罩的夜空下，拖著步伐走過住宅街，返抵公寓。

當他準備拿出鑰匙時，這才想起自己沒帶在身上。他朝室外機底下摸索。

然而——

沒找到鑰匙。

是被人偷了嗎？雖然他不覺得春子會帶著他的鑰匙回家……

他不安地站起身，轉動房門的門把。門鎖著。

這該如何是好。

要聯絡房東，請他來開門嗎？

正為此傷腦筋時，突然傳來卡嚓一聲，門把轉動，房門自己打開了。

「……咦？」

滿雄驚訝地後退一步。

從屋內探出一張臉——是春子。

「你回來啦。」

「為什麼……？」

春子似乎很歉疚，一臉難為情。

「妳不是回去了嗎……？」

她聲若蚊蚋地應道：

「抱歉。我還是不想回家……」

「這樣啊……」

滿雄佯裝平靜，但內心其實無比歡騰。

「啊，你的公事包——」

見她伸手，滿雄反射性地把公事包交給了她。春子接過後，返回室內。

滿雄走進自己的屋子。

「工作很累對吧？」她放下公事包，轉頭望向滿雄。「要泡澡嗎？我已先幫你放好熱水了。啊……我自作主張，請你見諒。」

她的貼心，滿雄很高興。老實說，工作的事累得他筋疲力竭，連自己清洗浴缸，放熱水的力氣都不剩了。儘管身體發臭，但他原本打算晚餐隨便吃吃，直接上床倒頭就睡。

「你泡澡的這段時間，我會幫你做好晚餐。你給我的五千日圓，我買了食材。不好意思。」

「不會。我很開心。因為之前每天都沒人會迎接我回家，所以有人可以對自己說『你回來啦』，真的很開心。」

春子以微笑做為回應。

在公司所受的痛苦瞬間煙消雲散。

「我另外還買了這個。」

她如此說道，指著身上穿的運動衫。

穿上便服的她，整個人呈現的氣質完全不同，不知為何，滿雄不敢直視。

「那、那麼，我去洗澡了。」

滿雄不知所措地衝進浴室。

走進浴室後，他舒服地泡進浴缸裡，洗去一天的疲勞。泡了約三十分鐘後，他走出浴室，客廳飄來一陣香氣。

「馬鈴薯燉肉？」

他走進客廳，發現和室桌中央擺著鍋子，馬鈴薯燉肉冒出騰騰熱氣。

「我在想，你或許會喜歡這道菜吧。」

春子臉上掛著笑容。

「太棒了！」

滿雄坐向和室桌旁。坐他對面的春子，將馬鈴薯燉肉盛進盤子裡，並朝杯裡倒好烏龍茶，擺向他面前。

「看起來超好吃的！」

「因為你收留了我，我得報恩才行。你多吃一點吧。」

「我開動了！」

滿雄動筷吃起了馬鈴薯燉肉。因為是手作料理，味道和超商的馬鈴薯燉肉截然不同。

「好吃！」

春子臉上笑靨如花。

真是做夢也沒想到，自己竟然也能過這種像在玩戀愛遊戲般的半同居生活。這種放鬆的心情，似乎融解了他的疲憊。

他默默地吃著晚餐，這時春子看準時機，向他問道：「工作很辛苦嗎？」

滿雄停下筷子，視線從她臉上移開。

「我的上司是個爛人……」

「上司？」

「他成天向我咆哮。雖然覺得那已經算是權力騷擾，但要是有人對我說一句『上班族就是這樣』，我也無從反駁。」

他望向春子，發現她正露出同情的眼神。

「所以我每天都在忍耐。上司或是位子比他還高的人也是一樣，大家多少都會受到不合理的對待。在酒局中被迫表演，被人咆哮，被人打頭，困難的工作都被塞到自己身上——但上班族一句怨言也沒有，只能忍耐繼續工作。」

「這種價值觀，真有昭和的時代感。不過，現在應該行不通了吧？也有人會控訴這是權力騷擾吧。」

「男性很難這麼做。如果是男人，面對這種程度的騷擾可說是家常便飯，不會每件事都大呼小叫，處在這樣的氛圍下，只要不是太不合理的情況，往往只能接受……」

「這種事一定很難受吧。我沒在工作，所以不太了解，不過你的心情……我懂。」

「嗯……」

沉默籠罩。

因為氣氛變得沉重，所以滿雄改變話題，開口問道：「小春妳呢？」

「咦？」

「妳說妳是繭居族，是有什麼原因吧？」

她像在強忍羞恥般，微微苦笑。

「之前我去上學時，應該是我人生中最閃耀的時候吧。有許多朋友，每天也都過得很快樂。當初要是繼續上學就好了……」

滿雄等她接著往下說，但她就此打住，以開朗的態度雙手一拍。

「就別再聊這些陰鬱的過往了，快點吃吧！」

兩人用完餐後，春子收拾碗盤。滿雄對著春子的背影說話，熱絡地聊他喜歡的漫畫。雖然兩人之間存有代溝，但她還是聽得津津有味。

來到晚上十一點半，春子問道：「你也該睡了吧？」

「也對。有點晚了。」

滿雄做好就寢的準備，正要躺向地毯時。

春子叫了一聲「啊」。

滿雄轉頭望向她。

「怎麼啦？」

「今天小滿你睡床上。」

「我？」

「要是今天我繼續霸占床鋪，那就太過意不去了……今天我睡下面。」
「這怎麼行呢。」
「因為這是你的房間。」
「我是男生，沒關係的，小春妳還是睡床吧。」
春子沉思了一會兒，悄聲說道：
「那麼……我們……一起睡吧。」
「咦？」
春子難為情地別過臉去。
「我沒別的意思……只是看你白天工作，晚上還睡得不舒服，對你很抱歉。」
滿雄暗自吞了口水。也不知春子是否發現了他的緊張，只見她一直默默望著床邊。猶豫了一會兒後，滿雄熄去屋內的電燈，走向床鋪。春子靠向床鋪的左側，以背對他的姿態側躺。
滿雄告訴自己，沒什麼好內疚的，就此躺向床的另一側。兩人背對背躺著。只要身體一動，就不時會碰觸彼此的背部，每動一次，就多一分緊張。
從這天開始，他們展開宛如同居般的生活。原本一直都在忍受公司裡的不合理對待，每天過著地獄般的生活，而現在感覺如同春天來訪。

一個禮拜的時間轉眼過去。多虧家裡有個會等他回家的人在，現在就連在黑心企業裡被上司咆哮的日子，也都能夠承受了。

他對春子的愛意漸濃。只要她投以笑臉，自己便會心跳加速。

滿雄回到家中，打開玄關門。

「我回來了。」

室內飄來一股炸雞的可口香味。

脫好鞋走進屋內一看，春子正在準備晚餐。

「你回來啦。」

每天都迎接他返家的笑臉和飯菜——他很享受這種如同在扮「結婚家家酒」的生活。

滿雄一邊與她聊天，一邊吃晚餐。

「小春，妳真會做菜。」

「我當自己是在學習如何當個好新娘，才學會做這些菜。不是為了我爸才學的。」

「這樣啊。」

「希望日後結婚，能做這些菜給我老公吃。像這樣親手下廚，迎接老公回家，讓他吃得開心，這就是我的夢想。」

「妳的夢想一定可以實現的。」

「……嗯。真是那樣就好了。」

用完餐後，滿雄悠哉地洗了個澡。之後換春子洗澡。

她穿上前些日子採買日用品時買的睡衣。雖然她說「人家會不好意思，你別那樣看我」，但她洗完澡的模樣充滿魅力，不論是微濕的頭髮、光澤的肌膚，還是肥皂的香氣，全都很煽情。

滿雄不自主地別過臉去。

她毫無防備地坐向床邊。

滿雄刻意不和她目光交會，就這樣和她交談。他們熱絡地聊著昨天星期天一起看的那齣電影。

夜已深，春子躺在床上。光是看到她這副模樣，便心跳加速。

滿雄熄燈，擠進同一張床。

平時都是背對背睡，但今晚滿雄面朝她。雖然盡可能避免肌膚接觸，但從她後頸飄來的香氣，令他興奮難以自抑。

自從一起同住後他就沒有獨處的時間，累積的性慾無從宣洩。

他不自主地伸手環向春子肩膀。她全身一震，但沒出言抗拒。
這個姿勢維持了半晌。
不久，春子在滿雄的臂彎裡轉過身來。黑暗中，她的臉龐來到他面前。
經過一段沉默後，春子悄聲說道：
「……你想要就做吧，沒關係。」
「咦？」
「要是你不嫌棄我的話──我可以。」
那像在呼氣般的低語，令滿雄下半身無比激昂，思路漸漸麻痺。
滿雄將她一把摟了過來，順著衝動的驅使，想脫去她的睡衣。
滿雄解開她上衣的鈕釦，碰觸到她柔軟的胸部，一時猶豫了。
「怎麼了……？」
春子納悶地問道。
「其實我……」
滿雄強忍心中的羞慚。
「你怎樣？」
「我沒做過……」

「咦？」

「我還是處男……」

說出口後，滿雄覺得可悲，就此從她胸前鬆手。

讓人知道自己是處男，會被同性嘲笑，拿來當笑柄，異性也會退避三舍，就像破抹布一樣難堪。

滿雄閉上眼，讓她消失在自己的視野中。害怕她投以嫌棄的眼神。

然而——

「這並不是什麼多稀罕的事。」

她的口吻無比溫柔，不帶半點輕視或鄙夷的感覺。

滿雄睜開眼，筆直地回望她的雙眸。

接著——他再次伸手抵向春子胸前。之後就此走入渾然忘我的境界。

與她交歡後，他感到幸福洋溢，人生就此變得光采。

然而——

祥和的日子總是無法長久。

4

母親和警察同行，緊盯著眼前的公寓。怒火在她心中形成渦漩。

「這樣算是犯罪對吧？」

她朝警察瞥了一眼，如此問道。

「……如果對象是未成年人的話，就構成違法。」

「不可原諒！」母親尖聲叫道。「請逮捕對方！」

5

「知道為什麼被逮捕對吧？這是強制性交罪，對象是十七歲的未成年人。」

負責的刑警能嶋，手掌朝鋼製的桌面用力一拍。

響起一聲宛如火藥爆裂的聲響後，鬱悶的沉默籠罩偵訊室。

「與未成年人發生性行為，原本就是一種淫亂的行為。都這把年紀了，竟然還對小孩子下手？」

「是你情我願……」

她小小聲地說道。

「妳說什麼？」

能嶋把耳朵湊近。

「我們是你情我願，這是他想要的。」

「對方的父母提告，而且他本人也否認。他說『我是受當時的氣氛影響……』」

「可是！」她朗聲應道。「他對我有好感！」

因強制性交的嫌疑而被逮捕的綾瀨春子，露出求助的眼神。

「對方是十七歲的少年。雖說高中輟學，已經出社會工作，但一樣是未成年。」

春子雙肩垂落，頹然垂首。

被害少年——早川滿雄的母親向警察通報，此事就此暴露。

「小滿他——對我很溫柔。」

「這能當什麼脫罪的理由嗎？」

「我母親都不煮飯給我吃，總是拋下我不管，只給我一些零用錢去超商買吃的……」

「零用錢？」能嶋很傻眼地搖了搖頭。「妳已經四十歲了耶。」

「請別再講年齡的事……」

「在這社會上一般來說，四十歲的人早就自立更生，靠自己賺錢生活了。就這點來說，妳可真是悠哉啊。妳都住家裡當啃老族是吧？最近蔚為話題的『住在兒童房裡的大叔』——不，以妳的情況來說，應該說是『住在兒童房的大嬸』才對吧？」

春子臉上表情變得扭曲。

「請不要侮辱我……」

「妳有資格這麼說嗎？身為一名性犯罪者，妳有這樣的自覺嗎？」

「請你聽聽我的故事。」

她聲若蚊蚋地說道。

能嶋抬起下巴，展現出「說來聽吧」的態度。

她雖然略顯躊躇，但還是以充滿苦澀的聲音開始娓娓道來。

「我的父母很糟糕。我父親自從腦中風後，便生活無法自理，都由我和我媽照顧——應該說是照護才對。因為患有失智症，容易暴怒……」

她父親今年七十四歲。因為年事已高，就算患有腦中風或失智症也不足為奇。

「雖然知道他是因為生病的緣故，但被他怒罵還是不免會生氣，當他出言命令，就會想反抗……儘管如此，我還是幫他準備三餐，伺候他吃飯，他要求再添一碗，我也都會照做，看電視也會幫他轉臺。為了生活無法自理的父親，我什麼都幫他做了。」

「……然後呢？」

「可是我母親就不應該了，她拋下我不管，展現出一副妳幫忙照顧妳爸是理所當然的態度，就算我說出心中的不滿，她也只是回我一句『他養妳，所以妳沒資格抱怨』……」

「一個成年人還住在家中由父母養，這才奇怪吧。父母好歹也會想抱怨幾句吧。」

「可是在現今的時代，這並不是什麼多稀罕的事……」

「因為妳累積了太多壓力，所以都四十歲的人了，還穿著水手服，出外找小鮮肉是嗎？」

「才不是呢……」

「明明就是。」

「不是你說的那樣。因為高中時代是我人生最耀眼的時刻，我很喜歡那段時光……心情沮喪時，只要穿上制服，就會湧現活力。所以我才……」

「妳是無法正視自己的年齡吧。想要重返青春，才向未成年人下手。要是一個四十歲的大叔走進女高中生的香閨，來個餓虎撲羊，妳覺得怎樣？不覺得這種性侵犯應該要去勢嗎？妳做的是一樣的事。」

春子再次垂首。

身為被害者的那位少年長得五官端正。就像參加棒球社的學生一樣，頂著都快可以看到頭皮的短髮，但要是頭髮留長的話，應該能搖身一變，展現出很受女性歡迎的樣貌。與眼前這位外型很不起眼的中年女性顯然很不搭配。

停頓了一會兒，她再度開始提出供詞，聲音消沉。

——都這把年紀了，還做這種不像樣的打扮。

母親對穿上高中時代水手服的她說的一句話，成了導火線，雙方就此起了口角。接著她一時衝動離家出走，在大雨滂沱中，站在超商屋簷下躲雨。她說自己走進店內時，店員和客人都對她投以異樣的眼神，令她覺得很不自在。

「這也是當然的。要是來了一位穿著水手服的中年女性，任誰看了也會覺得這個人很可疑。」

「你這是偏見……」

「這是現實。」

她在躲雨時，被害少年主動向她搭話。儘管面對一位穿著水手服、全身濕透的女人，他也沒露出像在看什麼怪人般的眼神，純粹只是替她擔心。

「我想，一開始他以為我是女高中生，才向我搭話。但當我抬起頭，與他目光交會時，他應該就發現不是那麼回事了。但他還是不改原先的態度，聽我說出年紀後也一樣。他的好意令我感到欣慰，就這樣跟著去他住的公寓。接著我下廚做菜給他吃，照顧他的起居，和他一起同住。」

她繼續展開獨白。

「當我做菜給他吃，讓他聯想到母親的便當時，雖然知道他沒惡意，但心裡還是有點受傷。這讓我明白到兩人年齡的差距。但就算是我這樣的阿姨，他還是對我很溫柔……我就這樣漸漸被他所吸引。我一直很憧憬這樣的生活。我是在三年前學會做菜的。一個四十多歲，繭居家中的女人，無法吸引異性，但還是希望多少能有點強項能給男人好感，所以就學會了做菜。因為要是沒這樣的技能，根本就不是那些年輕貌美女性的對手。當我說自己很憧憬結婚生活時，他說『小春，妳的夢想一定可以實現的』。這話聽起來感覺事不關己，我這才發現，啊，他果然不會聯想到我。就在那天我和他上床，因為不安感快要將我壓垮，我想和他保有一份確切的連結……」

當十七歲的少年在床上向他透露自己沒有性經驗時，那份純潔令她心中湧現一股憐愛，就此在感情的驅策下發生了性行為。

——這並不是什麼多稀罕的事。

雖然現今的時代，早熟的國高中生很多，性行為開放，但十七歲發生性行為絕對不算晚。

雖然看過一些成年男性性侵未成年少女而被逮捕的新聞，但她一直認為他們兩人的情況不一樣。

她與少年發生關係，似乎真切感受到幸福。但來到公寓查看兒子情況的母親，親眼目睹這位與自己年紀相近的女人在兒子住處進出。她察覺兩人的關係非比尋常，因而報警。

「……小滿拯救了我，他也對我有好感。我認為他是在父母面前不得不否認我們的關係，請讓我直接和他本人談談。」

「這和他本人的想法無關。當妳對未成年人下手時，就已經構成了犯罪。」

她一副泫然欲泣的表情，就像人生唯一的希望就此被斷送般。

「我……」春子以求助的口吻說道。「真的犯了那麼嚴重的罪嗎？」

她那是苦思不得其解的口吻，能嶋也不知該如何回答才好。

始終緘默

毒販。

絕不能向緝毒官招供！

大重泰三今天同樣獨自站在住商混合大樓的夾縫處，有人買他就賣——來的有中年人、大學生、高中生……各種人都來向他買毒品——

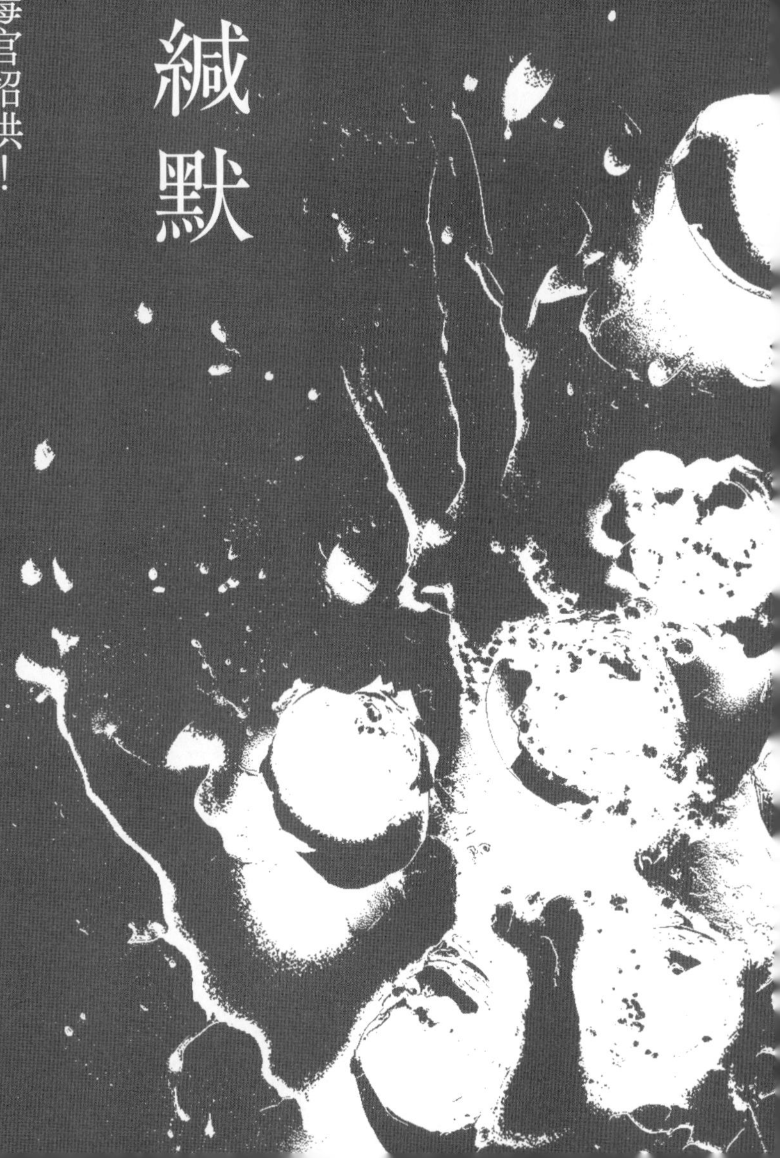

1

鬧街的巷弄裡，就連霓虹燈的亮光也照不到這裡，塗滿濃濃的暗夜。滿地的空罐和菸蒂，被撕破的政治人物海報在冷風的吹拂下，在地上一路滾動。

大重泰三站在住商混合大樓的室外機旁，背靠著牆壁。凍僵的雙手插在長大衣的口袋裡，忍受著十二月的寒氣。這樣的寒意，令他四十二歲的身體有點吃不消。

他覺得無聊，就此拿出手機，打開電子書 App，隨便點開某個漫畫看了起來。一名正義感強烈的主角對抗巨大邪惡，一個正統王道的故事。

大重忍不住苦笑。

如果是在這個漫畫的世界裡，他應該也是會被主角收拾的那一方吧。

他對這種過度美化的世界不感興趣，就在他心不在焉地看完一集時，有人影走進巷弄裡。

大重瞇起眼睛。

對方來到可以辨識身形的距離後，這才看出是一位長相稚氣的少年。染了一頭褐髮，穿著一件一看就知道是便宜貨的羽絨衣。

他是到這巷弄裡來小便嗎，還是……？

他馬上就知道答案。

「我想舒服一下……」

大重嘴角輕揚。

「如果你想賣春，去大路上找個喝醉的上班族說吧。」

「啥？」

少年先是一愣。但當他理解這句話的意思後，馬上粗聲粗氣地應道：「開什麼玩笑啊，大叔。」

「別說那種噁心的話。」少年做出朝自己左上臂打針的動作。「我指的是這個。」

大重嘆了口氣。

「小鬼頭還這麼囂張。」

少年展現出叛逆的態度。

「竟然叫我小鬼頭……我已經是高中生了。」

「當你想到要以這當作反駁的說詞時，就證明你還是個小鬼頭。」

少年脹紅的臉變得扭曲。不知是因為難為情還是生氣。看不出他紅通通的臉龐底下是什麼情感。

少年從牛仔褲口袋裡取出縐巴巴的一張五千圓鈔票，冷冷地說了一聲「喏！」

遞到他面前。

「要錢的話我有。快點賣我。」

大重回以冷笑。

「從媽媽那裡得來的零用錢嗎？才五千圓，算什麼錢？」

「這也是錢吧。」

「……這確實是錢沒錯。不過，這麼點小錢，在我手頭闊綽時是不會收的。」

「什麼嘛，嫌不夠是吧。」

「對，不夠。我經手的可是果汁純度九十五趴的高級可樂啊。」

大重仔細觀察少年的長相和手。沒有吸毒者特有的表情和動作。話說回來，他連暗語也不懂，從這點就看得出他根本沒經驗，只是因為感興趣想嘗試。

「憑一張樋口一葉[2]就想體驗，你直接去路邊撿葉子吧。」

「我想要享受飛上天的感覺。」

「我可沒在做體驗學習的志工哦。一個當不了客戶的小鬼，我沒有可樂可以賣你。」

2 明治時期的女作家，五千圓鈔票上印有她的肖像。

「你怎麼會知道我不是客戶。」

「一個現在只拿得出一張縐巴巴的五千圓鈔票的小鬼，下個禮拜會一次帶來好幾張萬圓鈔嗎？真希望我賣的話，先去搶超商再來吧。」

他知道少年不可能辦到，故意這樣說。

少年氣得緊緊咬牙，氣沖沖地直噴氣。幾乎可以聽見他咬牙切齒的聲音。

「我大可去跟警察告密。」

大重朝少年走近一步，對方在他的氣勢震懾下向後退卻。少年背部緊抵著牆壁，全身僵硬。

「這句話——」大重加以威嚇。「你要是沒做好相當的覺悟，就別亂說。既然你話都說出口了，現在可不是一句『我亂講的』，就能了事哦。」

少年眼神游移。

「不……」

他的聲音中帶著怯意。

「如果因為有人告密，而看到警察的蹤影，我會先懷疑到你頭上。剛才那句話已經讓你成為出事時的頭號嫌犯。」

少年為之瞠目。他似乎明白剛才脫口而出的話惹出的危險，黑眼珠浮現慌亂之色。

「你要向神明祈禱我別被警察盯上。如果你不想因為告密的事遭到報復、浮屍東京灣的話。」

少年極力忍住尖叫的衝動，但還是叫出聲來，頭也不回地逃出巷弄。

大重瞪視著少年遠去的背影，繼續在巷弄裡站了一會兒。接著他從胸前口袋取出一根菸，以打火機點燃。

他抽了一口。香菸升起的細長白煙，宛如人類可悲的靈魂，冉冉升向暗夜。

當香菸變短時，有個腳步聲走進巷弄裡。

轉頭一看，是一名骨瘦嶙峋的中年男子。一對單眼皮的細眼，一副像是時時都在瞪人的神情。

「小包兩包。」

這次來的是常客。

中年男子若無其事地遞出幾張萬圓鈔。

大重接過鈔票，確認金額。

七萬日圓。

一公克古柯鹼的下游價格約兩萬日圓。當然了，純度愈高，金額也愈高。

大重前往巷弄深處的空地，朝飲料自動販賣機走近。他投入硬幣，隨意按下一顆按鈕。接著彎腰，一邊拿取罐裝果汁，一邊朝取物口裡丟了兩袋毒品。

接著返回巷弄。

他朝中年男子瞥了一眼，拇指指向巷弄深處。中年男子朝空地走去，接著他也在自動販賣機前買飲料，取出飲料罐。這時他應該已經拿到毒品了。就算被人撞見，看起來也只像是在自動販賣機前買飲料，無法想像這是在交易古柯鹼。

中年男子回到巷弄，留下一句「下次再麻煩你」，就此離去。

這是大重星期六日的本業。

2

平日他都忙著賭馬、賭賽艇。

他固定到賽馬場和賽艇場報到，萬圓鈔瞬間化為廢紙。髒錢化為泡影。

「……真受不了。」

大重忍不住咒罵，將賭馬券撕破。當他一腳將長椅踢飛時，遭一名禿頭男子投以責備的眼神。他啐了一聲，向對方威嚇道「怎樣！」，對方馬上露出卑微的淺笑，匆匆逃離。

大重走出賽馬場後，轉為前往柏青哥店。在空著的機臺玩了約兩個小時。最後還是沒能遇上大量掉出小鋼珠的幸運，星期六日賺來的錢就這麼飛了。

「媽的！」

他朝機臺踢了一腳，一名看起來二十多歲的男性店員前來，語帶責備地對他喚道：「這位客人——」

大重暗啐一聲，走出柏青哥店。他將大衣的衣襟兜攏，雙手插進口袋，返回公寓。這棟屋齡四十年的建築，似乎只要一失火就會燒個精光。也不知道它對建築基準法遵守到什麼程度。

大重打開冰箱，取出事先在超商買回來的牛丼。打了顆生雞蛋，邊吃邊配罐裝啤酒。由於賺來的錢全都賭光，他在餐費上過得相當簡樸，沒人會想到他這樣的人竟然會賣毒品。

大重隔週同樣站在巷弄裡。賣古柯鹼給兩名客人，趕走一名看起來像女大學生的女性。

第四位客人是一位年約四十歲的男子。儘管左右兩旁都沒牆壁，但他還是侷促不安，朝四周東張西望，視線游移不定。

「麻煩給我可樂。」

男子的聲音不帶半點感情，就像機械音一樣。右手急促地搔抓著左前臂。

「蟻走感」是吧。

如同字面上的意思，覺得像有螞蟻在皮膚上爬而頻頻發癢，是一種異常的知覺，是古柯鹼上癮者的典型症狀。

「三張半。」

男子點頭，從錢包裡取出三張萬圓鈔和一張五千圓鈔。大重收下錢，說了一聲「你等會兒」，走向空地。在自動販賣機前買飲料，同時把一個小包藏進裡頭。

他回到巷弄，向男子命令道：「去買喝的。」

男子雖然皺起眉頭，感到納悶，但還是默默點頭，走向空地操作自動販賣機。接著走了回來。

男子嘴角輕揚，展示他夾在手指間的小包。

「喂！」大重兇了他幾句。「別拿出來！你知道你這是在幹嘛嗎？」

男子臉上一樣掛著笑意。

「當然知道。」

這次他的聲音明顯帶有情感。此刻他與剛才空洞的眼神截然不同，那宛如在瞪人般的雙眼，帶有明確的意志。

「手法挺複雜的嘛。」

「什麼？」

「有人匿名告密。」男子掏出黑色的警察手冊。「我是緝毒官。」

3

大重被逮捕，帶往厚生局毒品取締部的偵訊室。單調的房間裡有一張桌子，兩張鐵管椅面對面擺放。

大重在對方的命令下坐向鐵管椅。

坐他對面的，是剛才那名設下緝捕圈套的緝毒官——速水。與剛才扮演吸毒者的模樣判若兩人，此時的他目光犀利，如果對象是小動物，被他這麼一瞪，可能直接就沒命了。

專門查緝毒品的緝毒官，是國家公務員，所屬的毒品取締部由厚生勞動省管轄。大重好歹還有這點知識。因為他曾上網查過。

「叫什麼名字？」

速水問。

大重始終沉默以對。

「告訴我名字會怎樣？我只要查一下就會知道了。」

大重沒帶身分證之類的證件在身上。

反正他們只要到住處搜索就會知道。如果他們已經監控一整天，應該早已查出大重住的公寓。門牌上寫的「山田」是假的姓氏，但屋內有健保證等等可以查出他本名叫「大重泰三」的線索。

大重再度閉上眼，嘆了口氣。隔了一會兒，他的視線移回速水臉上。

兩人四目交接了一會兒。

「……我換個問題吧。你把毒品放在哪裡？」

速水語氣犀利地質問。

大重在大腿上緊緊握拳，始終不回答。

搜身只找出五小包。這樣的量，就算堅稱只是自己使用也說得通。

「我知道你是毒販。應該不只這些吧？」

大重不發一語地回瞪速水。

「今天客人沒間斷，幾乎都賣光了是吧？」

大重仍舊堅守沉默。

「這不可能吧。今天走進巷弄的，我算是第四個。」

雖然是採取固定時間補充古柯鹼的機制，不過，可能是藏在公共廁所的馬桶水箱裡、公園的花壇泥土裡、巷弄裡的冷氣室外機等，地點每次都會變。毒販會從這些地方拿取毒品來販售。只要沒帶大量毒品在身上，就算被捕，罪行也不會太重。

「喂，我感興趣的是你的上游。藥頭是誰？」

大重緊抿雙脣不肯開口。

這世上最重要的就是信任。想要往上爬，就不能出賣情報。

速水朝桌面用力一拍。

「別默不作聲，說點什麼吧！」

這聲怒吼令鼓膜為之震動，但大重決定不予理會。

速水緊緊蹙眉。

「……緘默是吧。」

始終保持緘默。

「好歹說句話會怎樣？你背後是什麼人？」

速水列舉出幾個暴力集團的名字。

大重差點冷笑起來。像你這麼無能的緝毒官，有辦法查出藥頭的身分嗎？

話說回來，身為古柯鹼供應來源的男人，也不會對毒販公開身分。可能是暴力集團成員、與中國大陸的黑社會有掛勾，也可能是與伊朗或奈及利亞的組織有關聯。最有可能被逮捕的毒販，就像是「蜥蜴的斷尾」，怎麼可能擁有藥頭的情報。

「顧客名單呢？」速水趨身向前。「你都賣給誰？有藝人嗎？有運動選手嗎？」

大重冷冷地瞥了他一眼。

可能是已看出大重鐵了心一句話也不說，速水就像怒氣全部洩去般，重重嘆了口氣。

「……之前我逮捕了一名用刀子刺死自己妻子的男人。」

突然改變話題。

大重微微挑起單邊眉毛。

「男子是古柯鹼的毒癮者。覺得妻子外遇的幻想一直束縛著他，他將妻子軟禁在屋裡，為了不讓她在別人面前露面，把她的頭髮剃光，也禁止她化妝。每次吸食古柯鹼興奮起來，就會打他妻子。後來他妻子受到保護時肋骨斷了兩根，臉上滿是瘀青。你想像一下那個畫面。」

大重搔抓著鼻頭。

隔了一會兒，速水以像是強忍怒氣的口吻說道：

「你知道染上毒癮的人有什麼下場嗎？一看到雪，就會聯想到古柯鹼或毒品的白粉。如果沒錢買毒，就會拿空的針筒刺自己的手，當自己在打毒品。而就算是打了毒品，也會因為興奮而具有攻擊性，對自己的情人或配偶施暴。疑神疑鬼，傷害他人。毒品這玩意，不光危害吸毒者自己，也會害他周遭的人變得不幸。」

速水激動地敲打桌面。

「你是在販售不幸！」

大重一概沒回應。

之後仍展開嚴厲的偵訊。隔天因為展開住家搜索，而得知他的本名。

「大重，」速水就像在施壓般，叫喚他的姓氏。「為了你好，你就坦白招了吧。」

——不管你再怎麼威脅，我都不會洩漏上頭的情報。

大重打從一開始就拿定主意。

「大重，你有前科對吧？」

要始終維持沒有反應，真的不容易。大重明白自己單側嘴角微微抽動。

速水可沒錯過這樣的反應。

「我已經問過警方了。三年半前，你當時的妻子多次找警方談你對她家暴的事，你似乎有暴力傾向。三年前你因為違反毒品取締法而遭起訴，被判兩年緩刑。而且你……」

大重明白這是在令他心志動搖。在他面前提到過去的事，引他心生慌亂，想藉此讓他開口。

他可不想中對方的圈套。

大重始終保持緘默。

「你這些藥是從哪裡拿到的？」

「要是再繼續保持緘默，會被判刑哦。你想入獄服刑嗎？」

速水人稱「魔鬼速水」，是令人聞風喪膽的資深緝毒官，這是大重在其他緝毒官對他偵訊時閒聊聽來的。事實上，他們只是在假裝閒聊，目的是為了對大重施壓，讓他知道保持緘默對他沒半點好處。

然而——

對已經沒什麼好失去的人來說，根本什麼都不怕。

大重在保持緘默的情況下被起訴，判處兩年的刑期，但大重沒洩漏任何情報。

4

兩年半後——

大重來到鬧街深處一棟住商混合大樓，打開裡頭一間麻將間的大門。從四周的麻將桌上傳來麻將洗牌的聲響。店內全是男性，菸味彌漫。這家店就像是昭和時代的遺物般，但是對癮君子來說彌足珍貴。

他發現最裡頭那個麻將桌坐著一位熟面孔。走近後，岩嶋（雖然不知道這是不是他真正的姓氏，但三年前他是這麼自稱）抬起頭來。

大重不發一語地向他點頭致意。

「……出來啦。」岩嶋以宛如在地底爬行般的低沉嗓音說道，朝坐他對面一名長得很不起眼的禿頭中年男子命令道：「讓個位子。」

中年男子一臉困惑地回了一聲：「咦？」

「換人。」

「可、可是……」

「不是叫你換人嗎。」

大重朝中年男子手中的牌瞥了一眼。才來到第五巡，他就已「清一色」聽牌了。

手上握有這樣的好牌，當然不想被趕走。從點棒[3]來看，他在這之前似乎輸了不少。

但在兇惡的岩嶋瞪視下，中年男子只好百般不願地站起身。

「喂！」岩嶋厲聲一喝。「輸的錢付完再走。」

中年男子愁眉苦臉地拿出錢包。岩嶋收了錢後，轉頭面向大重。

「久沒接觸外頭的空氣，覺得如何啊？」

大重朝上家和下家那兩人望了一眼。岩嶋注意到他的視線，露出淺笑。

「不用擔心。這兩人是我的手下。」

大概是他們三人聯手使老千，拿那個可憐的中年男子當肥羊吧。不過話說回來，三個人聯手，分到的錢也會比較少。

大重以手中的扇子將白煙揚走。

「這對肺不好。」

岩嶋似乎隔了一會兒才明白他的意思，朗聲大笑。

「監獄的生活過得很健康是吧？」

大重坐向他對面的座位。

岩嶋把手中的牌翻倒，開始洗牌。這間麻將間古意盎然，也沒引進電動麻將桌。

「……我可不想被當肥羊。」

大重說。
岩嶋笑著疊牌。
「我沒想要拿你當肥羊宰，反正你也沒錢吧。」
大重哼了一聲，幫忙把牌疊好。
「……你始終保持緘默對吧。」
岩嶋望著手中的牌低語道。
大重微笑以對。
「判刑兩年。」岩嶋說。「很漫長吧？」
擺好牌後，就此打起了麻將。手中這副牌很差，恐怕連要聽牌都有困難。
「……嗯，真的很漫長。」
大重一邊丟出字牌，一邊應道。
「是律師太無能嗎？」
「是公設辯護人。不管由誰來辯護，第二次被逮到都不可能再緩刑。因為看在法官眼裡，這就是不懂得反省的罪犯。」

3 日本麻將以點棒做為籌碼來計算得分。

公設辯護人建議他提出反省的說詞，並發誓會洗心革面。但他不願聽從。

「對哦，你有前科。」岩嶋笑得很刻意，望向兩名手下。「這傢伙讓自己的親生女兒沉迷毒品，就此丟了性命。」

兩名手下瞪大眼睛，注視著大重。眼中帶有畏懼之色。

大重搖頭應道：

「……別說這種聽了會讓人誤會的話。是她自己染上毒癮，打得太兇，等我發現時，她已經因為吸食過量而斷氣了。不是我的錯。」

岩嶋苦笑。

「但你也不該讓她染上毒癮吧。」

女兒死因離奇，遭司法解剖，最後查出是因為古柯鹼吸食過量。

岩嶋說：

「毒品這種東西，不是打在身體裡的。而是賣給那些傻瓜，好好利用他們，這才是最好的做法。」

兩名手下不帶情感地在一旁陪笑。不知不覺間，眾人打麻將的手都停了下來。

「不管怎樣，我只能在這個圈子裡討生活。現在已無法過正常的人生了。」

「這裡比外面的社會更沒歧視。在黑道的世界，不管你有怎樣的前科，一樣都能往上爬。」

「我不是黑道。」

「你當毒販就滿足了嗎？這遠比黑道還要底層呢。」

「……你不是說沒有歧視嗎？」

經他如此反駁，岩嶋朗聲大笑。

大重聳了聳肩。

岩嶋碰了下家丟出的「發」。丟出的牌當中，沒有三元牌——「中」、「發」、「白」。有可能都集中在岩嶋手中嗎？

大重望著自己牌裡的「中」。

它派不上用場，留著只是阻礙，但考量到打出後，會有讓對方達成役滿[4]「大三元[5]」的風險，只能暫時先留著。

見自己想到這個層面，如此認真看待勝負，便忍不住苦笑。他毫不猶豫地打出「中」，結果沒人「碰」。

4 日本麻將規則，較難湊成的牌型，如番數累計達一定番數以上，或是較難達成的胡牌方式等，都稱之為役滿。

5 一種胡牌形式，牌型中的三組對子由中、發、白（三元牌）所組成即可成立。

這次來的用意，不是要打麻將。

「我需要錢。」

岩嶋抬起頭。

「錢嗎？反正這錢最後終究還是會賭光吧？」

「要是沒有本金，連賭馬券都沒辦法買。」

岩嶋指著大重，來回望著下家和上家那兩名手下說道。

「這傢伙是個如假包換的賭鬼。他賣毒品的錢全都花在賭馬、賭賽艇以及柏青哥上。」

手下附和道：「這樣啊……」

岩嶋轉頭面向大重。

「不過，我就知道你會回來，跟錢的事無關。」

「為什麼？」

「你也只能在這個圈子裡生活了。」

這時，裝設在牆上的薄型電視發出緊急快報的警報聲。

大重望向電視。

電視畫面上打出「福岡市發生挾持人質案件」的一行紅色字幕，右上角顯示

「LIVE」的英文字樣，並播放空拍的即時畫面。

一名從公寓某個房間窗戶向外探頭的男子，揮舞著手槍向人恫嚇，警察和機動部隊在外圍嚴陣以待。透過畫面傳來現場緊張的氣氛。

根據播報員的實況報導，男子要求和妻女見面。他似乎大喊著：「我是被害人！」男子堅稱是他前妻對他展開竊聽。

「你怎麼看？」

岩嶋望著電視，出言引來他的關注。

「……這個人雙眼充血，說起話來雜亂無章，十之八九有毒癮。也許是嗑嗨了，被害妄想算是典型的症狀。」

「這社會愈來愈亂了。」岩嶋事不關己地說道，接著似乎對自己說的話覺得有趣，笑了出來。「找藉口突然情緒失控的傢伙，通常都是吸毒者。不過，最近人人都假裝自己是被害者而向別人發飆、挑別人毛病，所以跟吸毒者愈來愈難分辨。」

「對你來說，吸毒者的情緒失控應該早就見怪不怪了吧。」

「如果是在首都高速公路上逆向行駛撞向護欄，或是在街上胡亂揮刀的笨蛋，我倒是見過不少。真的很教人傷腦筋。」

大重隨口附和了一聲「嗯」。

岩嶋語帶不屑地說道：

「像這種笨蛋被逮捕後，就會把自己買毒品的管道全都告訴警察和緝毒官。這些行外人既沒骨氣，也不懂得半點義理人情。」

「事實上，緝毒官的偵訊很不好應付。他們會用盡各種辦法來撼動你的心志。先以入監服刑來嚇唬你，接著再派別的緝毒官來展開溫情攻勢。」

「你全都挺了下來，真不簡單。」岩嶋指著大重對手下們說。「這傢伙平時都對老婆動粗，後來因為女兒的事，他老婆再也受不了他才和他離婚。之後他都自己一個人寂寞地住在公寓裡，同時還販毒，兩年半前遭到逮捕。但面對緝毒官嚴厲的偵訊，他始終都保持緘默，最後被判處入監服刑。你們也要多向他看齊，比生命更重要的，就是守口如瓶。」

兩名手下齊聲應道：「是！」

「你可真能說。」大重苦笑道。「這沒什麼好誇耀的，這是我自己的原則。」

「這樣的原則很重要啊。現在很多人都只顧自己好，一張大嘴四處亂說。」

「怎麼能出賣給自己賺錢機會的恩人呢？一旦少了信任，就沒辦法在這個圈子裡混了。」

「多率直的個性啊，在現今這個時代可真少見。」

電視畫面裡依舊處在膠著狀態。播報員提到剛才現場開了一槍，如果是在美國這種槍枝氾濫的社會，也許現在已經射殺嫌犯，結束這起案件了。

岩嶋突然問道：

「那麼，你想要的是什麼？」

好抽象的提問。

大重思考片刻後回答：

「我想往上爬。」

岩嶋挑起右邊眉毛應了聲：「哦？」

「我已受夠在底層爬行的生活，也不打算一輩子都在路邊販毒。不過，現在繼續走老路沒關係。因為我目前還拿不出任何成績。」

「憑你的骨氣，有機會挑戰上位。」

「你還會供應我毒品嗎？」

岩嶋面露淺笑。

「嗯，當然會。有你在算是幫了我一個大忙，因為值得信賴的人不多。」

大重點頭。

「你改去賺大錢吧。」

「賺大錢？」

「小筆小筆地賣那些窮人，根本賺不了什麼大錢。而且你剛出獄，一定很缺錢。」

岩嶋沉思了一會兒。

「……要不要接待上賓？」

大重撫摸下巴。

「你說的上賓是？」

岩嶋再次打起了麻將，嘴角輕揚。

「藝人和運動選手。因為是在會員制的俱樂部買賣，比在街頭巷弄裡賣給外行人安全多了，收入也比較穩定。」

「聽起來不錯呢。」

「那個圈子裡的人，不是都會出國拍外景，或是遠征參賽嗎？他們往往都在國外學會吸毒。」

「原來如此。如果對象是有錢人，我們的風險也會降低許多。坦白說，在路邊販毒，還得提防被那些沒錢的吸毒者襲擊，絲毫都不能鬆懈呢。」

「會被逮捕，也是因為有人去告密吧？」

「對，但不知道是誰告的密。也許是因為沒錢而被我趕跑的高中生，也可能不是。」

「關於這點，名人不會自己去檢舉，所以可以放心。」

「這也是因為，一個已經沒什麼東西好失去的毒販，與有名聲和地位的名人相比，所受的傷害實在天差地遠。」

「所以對他們來說，可信賴的毒販同樣很寶貴。因為吸毒會成為他們的弱點，要是因此遭到脅迫，或是向警方出賣，他們可承受不了。他們都希望能安心地享受這項樂子。」

大重盯著自己手中的牌，向他問道。

「那麼，你打算將這個工作交給我負責是嗎？」

「對。」

大重打出「三索」。

「我會就此一路往上爬。」

輪到岩嶋出牌，他打出「二萬」。大重盯著那張牌，大喊一聲：

「胡了！」

5

俱樂部裡播放的音樂震耳欲聾，微帶紫色的燈光為店內染上詭譎的氣氛。轉動的藍色與粉紅色的探照燈，就像雷射光一樣交錯，一身內衣裝扮的女性，身體纏繞在舞臺中央一根長長的鋼管上。

是鋼管舞。

女子纏在鋼管上，身體倒懸，修長的雙腿開成Y字形——不，呈水平狀打開，像蝴蝶般舞動著。

大重側眼望著女子的舞蹈，從桌位旁走過，走向深處那呈半圓形的螺旋梯。樓梯前站著一名體格宛如職業摔角手般的黑衣男。

兩人一對上眼，黑衣男便默默站向一旁。來這裡已有兩個月，現在光認臉便可通行。

大重走上螺旋梯。從二樓往下望，店內的情況一覽無遺。

這裡與郊區表演脫衣舞秀的那種氣氛冷清的店家不同，來這裡飲酒的客人都頗具格調。不會對舞者毛手毛腳，也不會用粗俗的話語糾纏不休。

不愧是採會員制的高級俱樂部。

大重心生感佩，走過通道，前往裡頭的ＶＩＰ室。那裡站著一名高䠷的黑衣男。

「已等候多時。」黑衣人指向門口。「請進。」

大重默默行了一禮，打開門，裡面傳來一陣笑聲。一位渾身肌肉的男子仰靠在沙發上，兩旁有美女相伴。

這男子有點眼熟。

是現役的職棒選手，現在是二軍嗎？應該是當初以第四棒打者的身分在甲子園表現活躍後，大肆宣揚地加入了職業棒球隊。然而進入職棒的世界後卻表現不佳，就此失去了登場的機會。

大重走近那張大理石桌面的矮桌，桌腳用的應該是桃花心木吧。

這位棒球選手不發一語地取出錢包，一次抽出十幾張萬圓鈔。大重接過他給的紙鈔，細數張數。

十六張，一張不少。

大重從雙夾層的內側口袋裡取出四個小包，擺在矮桌上。

兩旁的美女朝小包望了一眼，什麼也沒說。可能會一起享用吧。

大重與各種名人展開古柯鹼交易。

藝人、運動選手、企業家、帥氣的男偶像——這兩個月來，不分性別和年齡，這世界也快完蛋了——他心想。

大重走出房外，表情不變。從高眺的黑衣人身旁穿過，走向螺旋梯。這時，有兩人走上樓來。一位是岩嶋，另一位是陌生的男子，身材中等、穿著一件亮眼的白色西裝，以髮蠟將一頭黑髮梳理得服服貼貼。

大重就此停步。

「嗨！」岩嶋向他打招呼，接著望向身旁的男子。

「這位是若頭[6]。」

男子道：「我是權堂。」他的音質，光是報出姓氏，就足以讓對手感受到一股壓迫感。他的雙眸像刀刃般銳利，可以邊笑邊痛毆他人的冷酷無情，全顯現在表情上。

「敝姓大重。」

大重朝他深深一鞠躬。

權堂胸前別著鬼叉組的金色徽章——代紋[7]。可見他是裡頭的大人物。

「我來到附近，順道來和你打聲招呼。」

權堂皺著眉頭說道。

「要心存感激。」岩嶋悄聲道。「若頭可是親自前來呢。」

終於得到認同了。

一股興奮之情湧上心頭。

大重再次恭敬地朝權堂行了一禮。

「不用這麼拘束。」

權堂指向裡頭的房間，開始邁步走去，大重和岩嶋並肩走在他身後。

來到房門前，岩嶋向前開門，向權堂低頭說一聲「請」。

「嗯。」

權堂走進後，朝中央的沙發坐下。兩腳打開，取出香菸叼進嘴裡，岩嶋馬上以打火機幫他點上。

權堂先抽了口菸，接著下令道：「來，坐吧。」岩嶋坐向側面的單人沙發。

大重則是坐向另一側的沙發，室內籠罩著一股緊張的氣氛。這就是身為若頭，經歷過各種腥風血雨的權堂，所呈現出的壓迫感嗎？

「開香檳，要大瓶的。」

權堂一聲令下，岩嶋馬上起身，以室內裝設的電話點了香檳，接著返回沙發上。

6 黑道組織中，身分最高的是組長，而若頭就像是組長的長子，算是組織中的第二號人物。

7 日本黑道用來象徵所屬組織的紋章。

隔了一會兒，權堂望向大重。

「你好像工作很賣力呢。」

大重低頭鞠躬。

「您過獎了。」

「因為組裡的人都太不中用，一被逮捕就會拱出一整串人來。」

毒販終究只是組織裡的最底層，是蜥蜴的尾巴。對黑道來說，隨時都能割捨。

但就算是這樣也無所謂。

「今天是犒賞的日子。」

不久，店員送來了香檳，並在矮桌上擺了三個玻璃杯，替他們倒香檳。

店員離開後，權堂拿起香檳杯，大重和岩嶋也跟著端起。

「為賺大錢乾杯！」

權堂高舉酒杯。

大重和岩嶋也跟著應和。

權堂喝了一口香檳。

「……最近毒品價格高漲，伊朗人看準了我們的弱點。目前我正在開拓南美市場，要是能便宜買到貨，就能穩穩度過現今的局面。」

大重嚐了一口高級香檳。

「像我這種底層的小販，應該享受不到這樣的恩惠吧？」

權堂發出豪邁的笑聲。

「只要你繼續為組工作，日後我會讓你賺更多的。」

大重又向他鞠了一躬應道：「我會加油的。」

6

大重走在鬧街上，朝會員制俱樂部而去。與若頭見面後已過了三週，這段時間，他替沉迷藥物的二流、三流的名人送古柯鹼。有在國民連續劇中演出過知名配角的帥氣男演員，被警方逮捕的事一經報導後、演出的大片就此喊卡的女演員，正在全國巡迴表演的音樂人，在社群網站上鼓吹大麻要解禁的饒舌歌手。

抵達俱樂部，正準備走進店內時，突然眼前一個人影擋住他去路。

大重為之一驚，不自主地後退一步。

站在他面前的，是緝毒官速水。已有三年沒見過了，但他絕不會忘了這張臉。

「好久不見啦，大重。」

大重沒回答，與速水嚴厲的眼神對望。
「你知道我為什麼會來吧？」
面對速水的提問，他沉默以對。
「這次改到會員制俱樂裡販毒是吧？」速水出示拘票。「拘票都申請好了。」
大重微微嘆了口氣，白色的氣息在黑夜中隨風飄散。
「是被逮捕的演員招供的。」
速水可能是接獲消息，早在幾天前便對俱樂部展開監視，大重的動向肯定全被他看穿了。
大重不經意地查看四周。
「你逃不掉的，四周早已團團包圍。」
仔細確認過後，發現確實有幾名身穿便服，像是緝毒官的人。
大重乖乖跟著速水坐上車，他和三年前一樣，被帶往厚生局毒品取締部的偵訊室。進去後他坐向鐵管椅，與速水面對面。
速水在桌上十指交握。
「大重，雖然吃了牢飯，你還是學不乖。這麼快就又回歸黑社會啦？」
大重持續保持沉默。

速水很不耐煩地哼了一聲。
「又是保持緘默，完全沒有反省的意思。這次會判幾年？你會有好一陣子無法回到外面的世界哦。」
大重在沉默下，深深皺眉。
速水嘆了口氣，微微趨身向前。
「你從哪裡進貨的？區區一個毒販，進不了俱樂部吧？看來你背後有個組織對吧？」
大重為了解除緊張，做了個深呼吸。
「……這次一樣保持緘默是嗎？」
大重定睛望向速水的雙眼，開口道：
「是鬼叉組。」
大重窺探速水的表情。
速水說不出話來，偵訊室裡飄過一陣奇怪的氣氛。
「進貨來源是鬼叉組。」
大重又重複了一次，速水似乎這才回過神來，照著他說的話又問了一次：「鬼叉組？」

三年前始終保持緘默的毒販說的話可以盡信嗎？他似乎難以做出判斷。

「若頭權堂是主導者，而身為若眾[8]的岩嶋則擔任仲介的角色。他們背後有伊朗人的走私組織，權堂曾在酒席間談到伊朗人組織的事。」

速水呼出夾帶緊張的氣息。

「這是真的嗎？」

「是真的。」

「你該不會是故意放假消息給我吧？」

「這是真的。」

「如果是這樣，為什麼你這麼輕易就說了？你在入監服刑前，不是都保持緘默嗎？」

「三年前我還不知道進貨來源。」

速水偏著頭感到納悶。

「要是能博得岩嶋的信任，或許就能打聽出藥物進貨來源的相關消息。」大重將決心緊緊握在手中。「我是為了獲得岩嶋的信任，才始終保持緘默。」

7

大重對一臉困惑不解的速水說道：

「混黑社會的人疑心病都很重，可不是隨隨便便就能博得他們的信任。要是用一般的方式靠近他，他會懷疑這是你們緝毒官設下的緝捕圈套吧？不過，要是我被逮捕仍始終保持緘默，就能讓他相信，這傢伙絕不會洩漏客人和進貨來源的消息。」

速水似乎展開內心糾葛，不知道是否該相信大重說的話，臉色凝重。

「……你突然洗心革面是嗎？你打算說，讓自己女兒吸食毒品過量而死，深感後悔是嗎？」

大重視線移往牆壁角落。

「害死我女兒的，不是我。」

「啥？」

「……是我妻子。」

大重緊咬著嘴脣。

8 小弟的統稱。

吸毒的人是他妻子。

我原本是一家中小企業的課長，工作從早忙到晚，身為丈夫卻什麼都不知情，家裡的事全交給妻子去處理。等到發現時，妻子已完全沉迷於毒品中。她高中時代的男性友人，與不良分子往來，就是他給了妻子毒品。

她在成癮的過程中，還對就讀高中的女兒說「這能瘦身，還能讓心情愉悅」。我知道這件事情時，忍不住動了手。那是我第一次使用暴力，也是最後一次。

但是已戒不掉古柯鹼的妻子，陷入最典型的症狀——被害妄想症，儘管是她自己在吸毒，卻一再向警方通報說「丈夫對我使用暴力」。為了掩飾妻子吸毒成癮的事，我對上門來的警察說「是家人間起了口角」，並一再向他們道歉。

妻子吸毒成癮該怎麼處理呢？

這事無法對外公開。而就在我一再拖延問題時，惡夢發生了。女兒因為吸食古柯鹼過量而死亡。

警察當然就此得知死因，展開偵訊。

發誓說會戒毒的妻子，說出她心中的懊悔，我相信了她的話，將家中搜出古柯鹼的罪全部一肩扛下。要是讓人知道我已故的女兒是自己去沾染古柯鹼，那她也太可憐了，所以我說是身為父親的我強迫她吸毒。

最後獲判緩刑，雖然不必入監服刑，但妻子在自責的念頭驅使下，向我遞出了離婚申請書。

這是事情的真相。

大重說完後，速水為之錯愕。

「後來你一腳踏進販毒的世界，為的是……？」

警察為何放任毒品橫行？

要是家人被犯罪者殺害，只要去憎恨加害者就行了。但是被毒品殺害，又該憎恨誰呢？

胃裡一股無處宣洩的怒火燃燒沸騰，這股怒火到底該向誰宣洩呢？他每天都為此痛苦著。

「要是有人批評說，是你妻子不對，或許真是如此。但其實真正不可饒恕的，是破壞我的家庭，奪走我女兒性命的毒品。我從網路上得知有著緝毒官的存在，但毒品卻始終沒從這世上消失過。」

有一群人靠著害死我女兒的毒品發財。光這點就讓我怒火中燒，血管幾欲爆裂。

「我們也是盡了全力在緝捕，但同樣的事還是一再上演。」

「無法查出背後的老大加以擊潰，我認為是緝毒官和警方無能，於是我決定自已收集資訊。」

他失去女兒，與妻子離婚，而且還有前科。現在就算想向女兒道歉也為時已晚，一切都無法重來，再也無法重拾祥和的平淡生活。對已經沒什麼好失去的人來說，根本什麼都不怕。

「話雖如此，你轉而成為賣毒品的一方，這根本就本末倒置，還會讓買毒的人陷入不幸。今天要是換成緝毒官扮成毒販，設下誘人犯罪的圈套，也不會被世人所認同的。」

「只允許假扮成客人買毒，對吧？」

「要設局來買毒品，得正式獲得厚生勞動大臣許可才行，無法自己擅自作主。」

「要是被法律束縛，毒品只會更加猖獗。我雖然當毒販，但我絕不賣給小孩和女性。要是有高中生因為感興趣跑來買，我會加以威嚇，不讓他們靠近這個圈子，還把看起來像女大生的人趕跑——」

速水蹙起眉頭，看不出他表情底下有怎樣的情感。

「我也不想靠販毒賺來的錢過活。用那賺來的髒錢，我都靠賭博來全部花掉。」

只是為了花掉髒錢，才投注在賭博上。

——真受不了。

每次到賽馬場或賽艇場，就忍不住自暴自棄。伴隨著空虛感產生的焦躁，難以平息，所以他常拿周遭人出氣。

「三年前，向毒品取締部密告我販毒的人，就是我自己。」

速水瞪大眼睛。

「為的是在被捕後能保持緘默。就算入監服刑，還是沒出賣情報的我，就此博得岩嶋的信任。」

在黑社會，信任就是一切。為了爬上能得知老大相關資訊的地位，大重不能出賣情報。

「請調查一下鬼叉組的權堂，他與伊朗人的走私組織有掛勾，現在他在開拓南美那邊的管道。」大重雙手握拳，朝速水低下頭。「拜託你，請將毒品一掃而空。」

大重抬起頭後，正面承受速水的目光。

「你竟然不惜做到這個地步……」

速水低語道。

大重緊咬著嘴脣，幾乎都快滲出血味了。

「為了減少像我妻子和女兒那樣的可憐人，哪怕只有一個也好。」

速水就像在感受這件事的真實性般，停頓了一會兒。他緩緩嘆了口氣，再度在桌上十指交握。

「我說……」

他的聲音帶有一絲謹慎的味道。

大重蹙起眉頭。

「最近好像很流行所謂的『爸爸活』。年輕女孩和有錢的大叔一起用餐，有時則是上賓館，以這樣的方式賺錢。」

速水突然改變話題，大重一時無法理解，偏著頭感到納悶。

「爸爸活，是對援交和賣春的一種美化表現。我問那些女生，她們說有人買、我就賣，就只是這樣。如果沒人買，也就不會賣了。」

權堂說過的話在耳畔甦醒。

——因為有傻瓜肯買，所以才有人賣，如此而已。

「恰巧相反。是因為有人賣，所以才有人買。我是這麼認為。」

「……你想說什麼？」

「之前你在獄中可能不知道，三年前跟你買毒品的一名中年男子，在飯店裡強迫他因『爸爸活』而認識的一名女大生吸食古柯鹼遭拒，忿而將對方勒斃，遭到逮捕。」

大重大受衝擊。

速水以嚴厲的表情接著說道：

「只要是為了除惡，不管用什麼手段都能被正當化——這是自以為是的正義感。雖然你說你不賣毒品給高中生和女大生，講得很帥氣，但這就是現實。」

大重乾渴的喉嚨吞了口唾沫。

「……就算我不賣，也會有代替我的毒販會賣，應該沒什麼不同才對。」

「嗯，或許吧。就算事實真是如此，但你在情感上能完全切割嗎？」

「這……」

「就算你裝沒看見，還是擺脫不了罪過。所以設緝捕圈套才會有其限制，還得辦理相關手續。」

大重緊緊咬牙。

「毒品是罪惡，這點確實沒錯。但就算將責任轉嫁到毒品上，也無法擺脫自己所背負的罪。」

大重因速水這番話而大吃一驚，感覺過去自己一直不肯去面對的感受，一下子全都湧現了。

侵蝕他妻女的是毒品沒錯，但能將所有的責任都推給毒品嗎？

這時他才發現一個事實。

我——一直都只投注在工作上，沒回頭關心過家庭。逼得妻女去沾染毒品，他不能說自己完全沒有責任。

站在丈夫以及父親的立場。

他是否曾正視過妻女。

女兒報考高中沒考上，想就讀的私校落榜時，他對和女兒一起為此事發愁的妻子說的話，此時浮現腦海。

——妳在家裡都在幹什麼？

——我忙著在外工作打拚，妳要是不管好家裡的事，會讓我很困擾呢。

女兒情緒低落，他看不下去，轉為責備妻子。妻子那失望的眼神，他一輩子也忘不了。但當時他裝沒看見，將自己的行為正當化，把責任轉嫁到妻子身上。

也許他只是視而不見，其實老早就已經發現了。

他根本就是投身於和人同歸於盡的復仇中，想藉此逃離沒好好面對妻女的罪惡感。

「不過——」速水重重嘆了口氣。「以結果來看，我們無法查出背後的老大，這也是事實。販毒組織一定要加以擊潰。你就好好贖罪，過正常的人生吧。只要你說出內幕，想必也能酌情量刑。」

「我已經不在乎自己會有什麼下場了。」

「大重，」速水嚴厲地說道。「其實在逮捕你之前，我見過你太太。」

「我太太？」

「對。因為我沒想到你會說出這樣的真相，所以我才在想，這或許能成為讓你肯開口招供的王牌。」

「我太太說了什麼。」

「她說想成為你的支柱。一開始聽她這麼說，本來以為她是不願正視前夫的罪行，才會講得這麼輕鬆，覺得這是句在偵訊中派不上用場的廢話。不過──現在知道真相後，它的含意就此改變。你的前妻直到現在還是很為你著想哦。」

大重感到胸中一緊，一股近乎悲傷的情感湧上心頭。

原來我還有東西可以失去。

「所以，要好好活下去。為自己的罪過贖罪，然後去見你太太。」

大重說不出話來，淚如雨下。速水也以帶著同情的眼神望向他。

然而──

大重此時下定決心。

要是在法庭上說出這次事情的真相，權堂就會知道他背叛了。這樣日後就算贖了罪也無法活命，他們不會就這樣放過他。

為了活下去，同時也是為了家人，這次得對法庭和鬼叉組保持緘默才行。一定得這麼做。

跟蹤狂

不能讓男子走進殺了人的那間廁所！

正在清洗滿是血汙的雙手時，他走進房裡。在殺人的事穿幫前，得先把他趕回去！

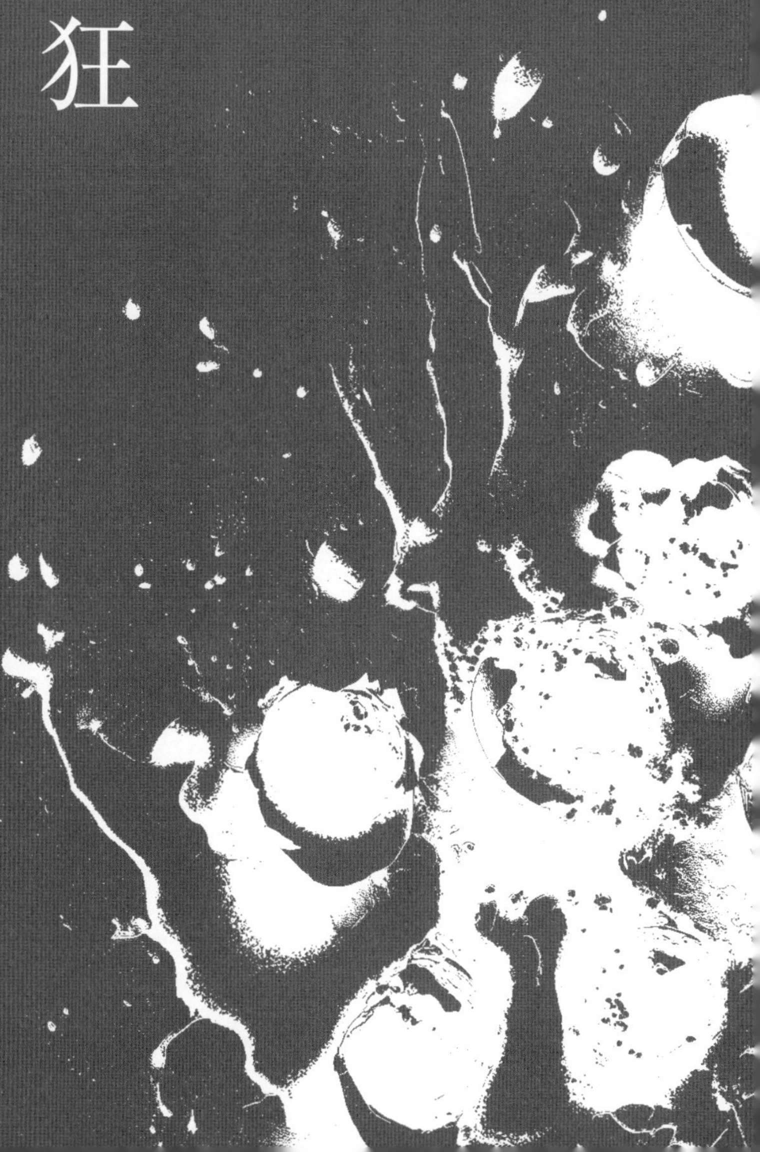

1

正在清洗滿是血汙的雙手時，門鈴聲響起。

花村美里全身為之一僵，就此屏住呼吸，窺探外頭的動靜。她轉開的自來水沖擊洗臉臺的聲響，此刻聽起來特別大聲。愈跳愈急的心跳聲，開始比水聲還要響亮。

「美里，妳在吧？」

是他，沒事先聯絡一聲就來了。

廁所與浴缸相鄰的洗手間地板滿是鮮血，就像鋪了一塊布滿紅鏽的鐵板般惡臭瀰漫。雙手也緊黏著血腥味。

「你等一下！」

美里以他能聽見的音量叫喚後，感到頭痛和暈眩，她緊抓著洗臉臺的邊緣。意識遠去，差點就此昏厥，感覺就像胃裡被塞進了穢物。打從剛才起，就一直覺得噁心作嘔。

她按下馬桶沖水，發出如同喉嚨卡住般的聲響。她又朝沖水把手壓了兩、三次。祐介的肉片無法完全沖掉，紅色的水滿溢出來，隨即淹滿整個地面。

啊——！

她一把抓住抹布砸向地板，抹布轉眼濕透，這不可能擦得乾的。

美里就此死心，她按壓洗手乳。五次、六次、七次——承接大量的液體，不斷搓著雙手，搓到手掌都快破皮了。萊姆的香氣蓋過血腥味。

以自來水沖洗後，她試著轉緊水龍頭。水龍頭轉不緊，持續有水滴滴落。這讓她聯想到流血的畫面，頓時背後寒毛直豎。

她做了個深呼吸，將殺死祐介的兇器藏在牛仔褲後方口袋，走出洗手間，把門牢牢關上。

前往玄關的途中，步履踉踉蹌蹌。視線近乎天旋地轉，她急忙甩頭，保持意識的清醒，並把臉湊向大門的貓眼。

不知為何，他手捧著花束站在走廊上。落向臉頰旁的褐髮、濃眉底下的一雙細眼、瘦削的下巴——

「傳 LINE 給妳，妳也不看，我很擔心呢。」

美里作好心理準備，握住門把，推開門。門片鉸鏈發出的聲響，讓人聯想到鬼魂的尖叫聲。那種搔刮鼓膜的聲響，讓人有股想要摀住耳朵的衝動。

「妳不接電話，想必 LINE 也沒讀吧？我很納悶妳到底是發生了什麼事，想說偶爾要和妳一起去吃頓好吃的，就去妳打工的地方接妳，結果妳也請了假，真是嚇我一跳。妳沒事吧？」

「……抱歉。」

「用不著跟我道歉啦。看妳氣色不太好，是不是身體不舒服？」

他露出打從心底擔心的表情。隔了一會兒，他舉起手中的花束，衝著美里笑。

「喏，這個送妳，探望的鮮花。」

他向前踏出一步。美里緊抓著門的外緣，就此形成一道牆。她沒朝手臂使力，要是此時他伸手一推，美里恐怕就會往後倒。但她還是強打精神回望對方。

「妳怎麼了？」

「……你今天就先回去吧。」

「咦？」他半開玩笑地說道。「屋裡有男人嗎？」

美里勉強擠出笑臉應付。

「我才不會那樣呢，你明知故問。」

「也是，妳的一切都逃不過我的法眼。總之，妳看起來好像很不舒服，我很擔心，先讓我進去吧。」

真想拋下一切，不去管善後的事，就這樣倒下。洗手間是那副慘狀，現在實在不想搭理他。要是讓他進屋，沒把握可以瞞得過去。但這時候要是悍然拒絕，又會引來他的懷疑。

「妳怎麼了？知道我在擔心妳吧？」

他的聲音帶有些許不耐煩。

要是起了爭執，他大聲講話，那可就傷腦筋了。

美里緊咬著下脣，接著從門口讓出空間來。

「那你進來吧。不過，我今天累了，想早點睡……」

說話音調略微偏高，如果他沒聽出我的緊張就好了……現在只希望先讓他放心，然後早點趕他走。

美里朝洗手間的門望了一眼，接著坐向沙發。他環視室內，目光停在窗邊的花瓶上。將乾枯的非洲菊抽出扔進垃圾桶後，換過水，插上帶來的花束。

「喏。」他隔著玻璃桌坐向對面的沙發。「打工要是太辛苦的話，大可不必勉強自己。」

「這怎麼行。」

「沒關係的，我會幫妳付房租。」

「我只是今天不太想出門而已。」

「那名跟蹤狂還會對妳做些什麼嗎？」

「……現在都不會了。」

「真的？妳就老實說吧，我會保護妳的。」

「最近很累，所以希望今天你早點回去。」

現在光是交談便覺得心跳加快，冷汗直冒。要是心臟就這樣直接爆裂，反而還比較輕鬆——美里甚至有了這個念頭。

「妳好像很不高興。」

美里移開目光。

「……日後要是成了倦怠期的夫婦，大概就是這種感覺吧？開玩笑的。」

「別亂開玩笑好不好？」

「不要跟刺蝟一樣嘛。」

他臉上泛起笑意，繞過矮桌走來。上身挨了過來，手伸向美里的胸部。

「別這樣……」

她覺得想吐。

「我這麼做的話……」他揉著美里的乳房說道。「祐介應該會生氣吧。」

突然提到祐介的名字，心臟猛地一跳。自己加快的心跳，或許會傳向他的手掌。洗手間那滿是鮮血的畫面在她腦中浮現。要是他知道我殺了祐介，會有什麼反應呢？會痛罵我是殺人兇手嗎？

待美里回過神來，已一把將他推開。

他驚訝地瞪大眼睛。

「幹嘛啦，妳是怎麼了？」

「我現在沒那個心情。」

「抱歉、抱歉，說得也是。」

他沒半點猜疑的樣子，再度環視屋內——視線停在某一點上，面紙盒旁的名片。

他發出一聲驚呼，旋即拿起名片。

他看了之後，笑容瞬間從臉上消失。

「這怎麼回事？」

忘了把它藏好，被他發現了。那是以鮮明的粉紅色印製成的色情酒店名片——

當初想賺錢好殺死祐介，謊報年齡前去面試，結果被看出未成年而沒能錄取。

『妳長得這麼可愛，應該能成為我們店裡的紅牌，不過……未成年這點確實很麻煩。等妳成年後再來吧。』

最近警察取締嚴格，雇主也變得很謹慎保守。

最後，她只得自己動手殺了祐介，結果搞得洗手間變成那副慘狀。地面滿是血汙，就算緊關著門，感覺彷彿還是飄來了臭味。

「呃……」美里應道。「之前我在車站前被攔住，對方硬塞名片給我，我一時忘了。」

「……我看是妳打扮得很誇張出門，讓人看了想找妳去上班吧？」

「才沒這回事呢。」

「應該是穿著暴露吧？像迷你裙之類的，除了吸引男人目光外，還有什麼穿它的理由嗎？」

「……我沒穿著暴露。」

「就是這樣才會遇上跟蹤狂。」

他那責備的言語，令美里漸漸感到不耐煩。

她以夾帶怒火的眼神回瞪，他似乎這才回過神來，重新以笑臉相迎。

「我是因為擔心妳，才會忍不住這麼說。」

美里以嘲笑般的心情望著自己的雙手。因為已經用洗手乳徹底洗過了，上頭沒有鮮血附著，但還是很在意。沾附在上頭的，是生命的重量嗎？

儘管很排斥，但視線還是不自主地被吸往洗手間那扇門。

2

美里倍感沉重地站起身，從他身旁穿過前往打開冰箱，取出一個紙盒包的果汁倒進杯裡。為了將緊張嚥回肚裡，她一口氣喝完果汁。

到底是哪個環節出錯，才會走到現在這一步呢？

高中時，在女校沒機會認識男生，一直到上大學後才第一次和男性交往，對象是大二學長。他是足球社的王牌前鋒，背號十號。他就像用橡皮筋綁在球和足球鞋之間一樣，以靈活的觸球法來控球。當初沒能在職業足球聯賽培訓的青年隊中升上王牌的位置後，現在則是活躍於大學足球社。因為這個緣故，在社團活動的等級下，他的才能顯得特別突出。比賽時他全身沐浴在陽光下，揮灑著晶亮的汗水。每次踢進球門，總會雙手比出愛心姿勢來示愛。

美里開心極了。她覺得自己的人生開始閃閃發光，每次比賽她都會去加油。但交往三個月後，她的夢想漸漸轉為現實。愛情是盲目的——她真切感受到這句話。學長自信滿滿的個性，現在看起來像是傲慢，而原本熱情的甜言，現在只覺得肉麻。他是個由自我肯定所組成的聚合物，不管怎樣都不覺得自己有錯。整天都在說當初沒讓他升上青年隊的那位教練的壞話，一直深信自己將來會是日本代表選手。

當美里發現自己和他交往得很勉強後就主動提出了分手，結果對方朝她咆哮道：

「妳這是瞧不起我嗎？我這樣可是會成為別人笑柄的！」

分手的事一直沒有結果。他可能是一直期望能獲得所有人的認同吧，對於自己被拋棄的事感到既生氣又害怕。但最後美里與他約定好，對外宣稱不是他被甩，而是他甩了美里，這才結束兩人男女朋友的關係。他就像要給美里難看似的，女友換了一個又一個，但美里對此不感興趣。前男友要和誰交往，都與她無關。

過了兩個月後，他寄來一封電子郵件。

『都是我不好，我們重新和好吧。』

美里不予理會，他便一天連傳好幾則LINE訊息，甚至傳來以前感情好時拍的接吻照。就像在說妳看了照片後，應該會想起當時的情景而回心轉意吧。但當他知道這樣無效後，便改為守在美里住的大樓前等她。

這種強迫和好的做法，是等同跟蹤的行為。美里聽人這樣說，於是便找警察諮詢。警方帶她到生活安全課，她告訴負責的員警整個經過。

「哦，寄來好幾封電子郵件是嗎……？」

「不是電子郵件，是LINE。」

「不，都一樣。」

這名中年員警搔抓著下巴，一副覺得很麻煩的神情。

「他一直糾纏不休，我覺得有點可怕……這樣算是跟蹤狂對吧？」

「如果是學生之間的問題，妳要不要試著跟校方談談？」

「可是……」

「校方應該會處理吧？」

「……只要我沒被殺害，警方就不會採取行動是嗎？」

「說什麼被殺害……這也太誇張了吧。如果是大學生的話，寄幾封電子郵件給分手的對象，也是很普通的事吧？」

這種口吻聽了就有氣，美里忍不住朝他大吼。每次看到他那覺得很麻煩的表情，就激起心中的怒火。正當她大聲吼叫時，一名年輕員警前來詢問。

「怎麼了嗎？」

「是這女孩……」

中年員警語帶嘆息地說明情況後，年輕員警說道「讓我來聽她說吧」，與他交換。他有一張五官工整的臉龐，笑容親切和善，全身散發的氣息，活像是在連續劇中登場的諮商師。美里重新說明自己的情況後，他展現出感同身受的態度，為剛才那位中年員警的失禮道歉。並告訴美里「就由我來警告您那位前男友吧」。

事實上，警察的介入確實發揮了功效。她的前男友最後在LINE上面留了一句「抱歉」後，就沒再傳訊息來，她再度重拾安穩的生活。但隔了幾個星期，美里開始在住家附近看見他。她從窗簾縫隙窺望時，發現有個人影躲在電線桿後面，而在月光下浮現的那張臉，確實是她前男友沒錯。她感到害怕，打電話給那位之前接受她諮詢的年輕員警。因為之前收過員警的名片，員警還說了「要是有什麼狀況，可以馬上聯絡我」，所以她直接就選擇向員警求助。

員警現身後，前男友轉身想跑。但馬上便被逮著後狠狠訓了一頓。

『妳為什麼叫警察來？』

前男友還用LINE傳訊息來。才在想有好一陣子他都沒主動聯絡，緊接著就傳來他道歉的訊息。

他很嫌棄自己跟蹤狂的行徑，深切表示反省，並以誠懇的態度懇求美里原諒。美里一時失去戒心，一來也是因為覺得他如此激烈的行徑是出於愛。

然而，如今回想，當初仰賴警察的幫忙，根本就錯了，自己真是笨得可以。就像從樓梯上滾下來似的，事後回顧，之所以現在會奪走祐介的性命，全是因為當初某個時間點做了錯誤的選擇。

猛然回神，發現他就站在自己身旁。美里嚇了一大跳，手中的杯子差點掉了下去。

「怎、怎麼了？」

「妳臉色真的很差耶，最好去醫院一趟吧？」

「我沒事，我只是在想事情。」

「這樣啊，那就好。還沒吃午餐吧？我煮給妳吃。吃咖哩可以吧？」

「……不用了。我沒食慾。」

「用不著跟我客氣，家事由我來負責。」

現在當然沒食慾，甚至微微貧血想吐。最重要的是，她不想用殺害祐介，染滿鮮血的手來拿湯匙。

祐介——

開始想起祐介，便感到胸口一緊。

為什麼我要殺了祐介呢？我一度那麼地愛他，甚至認定他是我這一生的摯愛。

美里雙手握拳擺在膝蓋上。

她想起祐介踢她肚子的事。

情感為之動搖。

那不是愛，她沒有別的選擇。

祐介今後將會一直糾纏著她，絕不會就此離開。她的人生將會被祐介支配，受他操控。既然這樣，乾脆——她是這麼想的。

就像關節從膝蓋上鬆脫般，她癱軟在地，瞪視著地面。

淚如泉湧，悲傷化為洪流將她淹沒，她無法控制自己的情感。

祐介……祐介……祐介……

她臉部肌肉抽搐，每次發出一聲嗚咽，喉嚨和嘴脣也會跟著痙攣。

有人溫柔地摟住她的肩膀，美里定睛望向他。蒙上一層淚的視野，宛如籠罩在薄霧中。

「妳怎麼了？」那是由衷替她擔心的聲音。「如果有什麼煩惱，儘管跟我聊聊看。」

美里哭了好一會兒後，抬起臉。

「你今天——就先回去吧。」

得趕緊處理善後才行。得將洗手間清理乾淨，消除犯罪的證據。但總有一天會穿幫，無法一直隱瞞此事。

既然這樣，就坦白告訴他吧——這樣的衝動驅策著她。

「不用顧慮。」他露出毫無自覺的笑容。「我們就一起吃午餐吧。」他到冰箱裡翻找，取出紅蘿蔔和洋蔥。「沒有肉嗎？要好好補充營養才行。」

看來這輩子是不可能再吃肉了。洗手間的慘狀深深烙印在記憶中，恐怕一輩子都忘不了。

「我沒食慾……你回去吧。」

「不吃東西的話會沒有精神的。」

「……你當自己是我的主治醫師嗎？」

「我是妳男友。擔心心愛的女友健康，也是理所當然的吧。」

「我吃不下。」

他臉頰的肉微微跳動。自己的好心被漠視，他開始表現出不耐煩。

要是知道祐介被殺了，不知他會做何反應。美里不覺得他會站在自己這邊。

一切得看他的態度而定——

她意識到藏在自己牛仔褲後方口袋裡的金屬傳來的觸感。

心臟跳得又快又急，下腹部一帶有斷斷續續的悶痛感，額頭冒出豆大的汗珠。

視野開始傾斜，她橫向倒下。意識就此被拉進黑暗底端，逐漸消失。

3

別殺我。別殺我。別殺我——

傳來祐介的聲音，那是聽了令人揪心的哀求。我在黑暗中環視四周，分不清聲音來自何方。是右方、左方、前方，還是後方？或者是幻聽呢？

走在一片漆黑的世界裡，濃厚的黑暗滲進肌膚，彷彿連人心也會被染成黑色。

我繼續走著，黑暗的前方浮現亮光。感覺像是出現在地獄裡的希望燈火，我朝它奔去並用力踢向黑暗，眼前的亮光逐漸變大。

祐介的身影出現在光圈中。我倒抽了一口氣，雙目圓睜，全身僵硬。我呼出緊張的氣息，伸長了手，就在即將觸碰到時，祐介的身體像融解般消失，我雙手撲了個空。

啊，祐介——

腳下的黑暗突然裂開，眼前形成一個大的漩渦。低頭一看，祐介在旋繞的濁流中翻滾浮沉。我心想，得趕快救他才行。我把手伸進水中，但什麼也沒能握住，終究是慢了一步。

沒救了——

後悔的念頭重重壓在我胸口，我就此明白，愛恨互為表裡。雖然是我殺了他，但此刻我又希望能拯救他。

我的手被拖進漩渦裡。待我回過神來，自己也已溺水。肺部受到擠壓，空氣一路外洩。水侵入我的喉嚨，我想把手伸出水面外，但身體卻不斷沉入水底……

我因自己的尖叫聲而驚醒。

他的臉出現在我面前。

美里彈跳而起，氣喘吁吁地環視四周。她在自己的屋子裡。全身滿是濕汗，襯衫幾乎成了她的第二層皮膚，緊黏在身上。她將濕透的頭髮往後撥。

「妳不要緊吧？妳剛才一度昏厥，所以我很猶豫該不該叫救護車。」

美里的視線不自覺地投向洗手間的門，接著望向他。自己昏厥的這段時間，他看到了嗎？不，應該還沒。要是他看到那滿是鮮血的地板，想必無法像這樣處之泰然。

「妳到底是怎麼了？」

美里心裡想著祐介。

我不該殺他的，但我又有什麼選擇呢？我沒把握可以持續愛他，我只能這麼做。身體感受到生命隨著鮮血一同流逝的感覺，光想就全身顫抖。

對不起，祐介。你是無辜的，真正有錯的人是……
「妳在擔心什麼嗎？可以說給我聽。」
「沒有，我真的只是累了。」
「身體是本錢，別太勉強自己哦。」
——既然你這麼想，那就快回去吧。
他總是不聽我的話。
美里緊咬嘴脣，強忍想將心中的不耐煩一吐為快的衝動。這時候要是大聲吼，他可能會不高興，而就此卸下笑容的假面，並拿家具出氣。衣櫥的木門上還留有他拳頭的痕跡。
「今天我想自己一個人睡。」美里極力裝出冷靜的聲音。「拜託……你應該明白吧？」
「不，我怎麼能留美里妳一個人呢？我擔心要是妳又昏倒的話那可怎麼辦才好。」
——真是多管閒事。
「我沒事的。」
「騙人，妳臉色那麼差。」

——你快回去！

「算我求你好不好。」

「妳在說什麼啊？」他朝美里走近。「妳今天很奇怪耶。」

——奇怪？我嗎？

「……我只是貧血。」

「不要自己亂診斷，妳要去醫院嗎？」

「我想好好睡一覺，我沒那個力氣去醫院……」

他搔著鬢角，嘆了口氣。

「知道了啦，我這就回去。」

美里鬆了口氣，但也只維持了短暫的瞬間。他朝洗手間的門走去，美里跑過去一把抓住他的肩膀。

「等一下，你想做什麼？」

「做什麼？就只是要上個廁所啊。」

「你不是說要回去嗎？」

「在回去前，讓我上個廁所吧。」

「去路邊不就行了嗎？」

他露出苦笑。

「路邊小便也算是輕罪耶。」

「那去超商借廁所啊。」

「什麼啊?妳有不能讓人上廁所的理由嗎?」

美里答不出來。這時候不管是回答說你去上沒關係,還是拚命阻止他,他肯定還是會進入洗手間,然後會看到那滿是鮮血的地板。要是他知道我殺害祐介的事,會有什麼後果?

他有一身千錘百鍊的身材,並擁有劍道的段位,我一個身材纖瘦的女人根本無法與他抗衡。

「我知道妳現在很煩躁……但我實在搞不懂妳。難道是廁所塞住了嗎?」

他握住門把。美里尖叫一聲朝他撲去,從背後抱住他的身軀,整個人壓在他身上。他大叫一聲「啊」之後倒向地面。

「妳幹什麼啦?!」

儘管遭受這樣的咆哮,美里還是跨坐在他背上,使勁拉扯他的頭髮。

這時美里全身浮了起來。她違背重力現象,視野整個浮起,他將美里從背後甩落後站起身。

美里氣喘吁吁地抬頭望向他，一道血痕從他的額頭上往鼻梁旁滑落。
「妳給我差不多一點！」
他露出平時的模樣，平時生氣的模樣——
「你快回去！」美里甩動長髮，大聲吼道。「快回去！快回去！快回去！快回去！快回去！快回去！快回去！」
「住口！」
他以腳底踹向冰箱，傳來一聲悶響。在反作用力下，冰箱門彈開來，裡頭的優格和豆腐全掉了出來散落一地。他將這些東西踩爛。
美里緊緊咬牙，不認輸地回瞪他。站起身後，雙手朝流理臺上一掃，把鍋子和盤子全都砸落。噪音四散，陶瓷碎片飛濺。
「快回去，你快回去！」
「我說妳啊……」他挑起眉尾，瞪大眼睛。「突然發什麼火啊？不怕吵到左右鄰居嗎？」
美里就只是一味地回瞪他。
有好一段時間只聽得到兩人的喘息聲。
接著他暗啐一聲，單膝跪地，開始撿拾盤子碎片收進塑膠袋裡。

「你在做什麼?」

「看也知道啊,我在收拾善後。」

「不需要你這麼做。」

「妳要是受傷怎麼辦?這裡就交給我處理吧。」

「你快回去。」

「妳現在情緒不穩定,我怎麼能放妳一個人呢?」

每次聽他佯裝成溫柔的情人說這種話,就會益發感到煩躁。

美里有股很想拿盤子砸向他頭頂的衝動,同時也感到力氣從全身慢慢散去。

或許無法再隱瞞下去了。

無力感折磨著她。

他將較大的碎片收拾完畢後,從壁櫥裡取出吸塵器。

將地板每個角落都打掃完後,他開始趴在地上確認還有沒有小碎片。

這時門鈴響起,兩人不約而同轉頭望向大門。安靜了一會兒後,門鈴再度響起。

「——我是警察。」

門外傳來男人的聲音,美里倒抽一口涼氣,她的心弦極度緊繃,心臟開始失控狂跳。

「因為附近的住戶報警……沒事吧？」

美里嚥了口唾沫。

不能不理睬，要是警方懷疑是暴力糾紛而進屋裡查看的話——

殺害祐介的罪到底有多重呢？

美里就像拖著腳鐐般，心情沉重地走向玄關，先做了個深呼吸後才打開門。門外站著一名穿著制服的員警。

「有人通報說，聽到很激烈的聲響。」

制服員警臉上掛著柔和的表情。但從最開始他的視線就往室內掃過，美里全看在眼裡。

「沒事。只是跌倒時，不小心打翻盤子……」

「聽說有尖叫聲……」

「不好意思。那是因為心情煩躁時剛好又打破盤子，所以忍不住……」

「真的沒事嗎？」

警察根本就不值得信任。我會變成今天這樣，也是因為被人跟蹤而找警察諮詢所造成的。

「沒事。」

祐介的事得徹底隱瞞才行。

還是說——現在就在這裡全部說出來吧。

美里朝制服員警望了一會兒，但沒開口。她沒主動自白，她想將一切交由命運去決定。

背後傳來腳步聲。轉頭一看，他就在身後。他明明心裡很煩躁，卻還露出博取他人信任的笑容。他總是如此。

「我來講，妳到旁邊去吧。」

美里聽從他的話。如果是他，應該能趕走這位制服員警吧。之後的事，之後再說吧。

美里斜眼望著他們兩人交談的情況，將吸塵器收進壁櫥裡。

傳來大門關上的聲響。轉頭一看，他已經走回來。

「真是的。別給我添麻煩嘛。」

他苦笑著走向洗手間。美里跑了過去，擋在他和門之間。

「你快回去。」

「……這裡頭到底有什麼？讓我看看。」

美里手繞到牛仔褲後方，從口袋裡取出殺害祐介的兇器緊緊握在手中，抵向他的面前。

「妳、妳幹什麼？拿那種東西對著我……」

「不准你開門。」

「這一點都不好笑哦。而且妳這樣也不具任何威脅性。洗手間裡到底藏了什麼？難不成躲著妳的偷情對象？」

就在他向前邁出一步時，美里以兇器朝他脖子刺出，直接刺向喉結下方。他瞪大眼睛，發出的聲音讓人聯想到一隻被踩扁的青蛙。他單膝跪地，一陣狂咳。

「不是叫你回去嗎?!」

美里手裡握著鐵湯匙俯視著他。

4

他手按著喉嚨站起身。淚水都流了出來。

「妳、妳這是幹什麼？還拿著那種東西。」

「這是殺死祐介的兇器。」

他張大嘴巴，視線游移。

「妳說殺死是什麼意思？妳到底做了什麼？」

「剛才我自己……」

「別、別開玩笑啊……」

他猛力搖頭，當場跪下。美里一動也不動，呆立原地。他手掌觸碰美里腹部，那動作就像在撫摸什麼昂貴的陶器般。

「我的……我們的祐介……」

「流掉了。」

他打開洗手間的門，發現便器周邊滿是鮮血。

是美里以鐵湯匙刨出祐介時流的血。

儘管墊上衛生棉，還是出血不止，幾乎就要溢出來了。美里感到頭暈目眩，嚴重貧血。

『因為是前置胎盤，所以有難產的可能性。』

婦產科醫生曾對她這樣說過。

不管會不會難產，她都不想生下孩子。

意料之外的懷孕，逐漸打亂了她的人生。

她沒有家人，過去都是靠獎學金和打工費過活，沒有存款，連墮胎費都出不起。

正為此苦惱時，肚子一天比一天大，來到已無法墮胎的階段。她拿定主意，打算到色情酒店賺錢，那是一種自暴自棄的心情，但在面試時就被刷掉。電視上曾播放一名女國中生因為意料外的懷孕，而在公共廁所裡產子的新聞。

這麼可怕的未來，她無法想像。

既然這樣，那就趁現在……只能自己親手殺了祐介。

她想在廁所以鐵湯匙伸進陰道內將胎兒刮出來，然而進行得不太順利，她一再地刮，並且湧出了大量的鮮血。那股劇痛，就像有人拿劍山[9]往她陰道裡狠狠地戳，感覺全身都快被撕裂了。她放聲慘叫，喉嚨都快喊破了。

地板上滿是鮮血，一陣暈眩感襲來，幾乎就要昏倒了。感覺到胎兒在腹中不知該往哪兒逃才好，也不知是自己想多了還是錯覺，甚至還傳來胎兒因恐懼而變得急促的心跳聲。

她很快手中便有了觸感。腹中傳來肌腱斷裂的聲響，有個東西就此滑出體外。那是浸泡在血池中，宛如一塊肥肉般的東西。與照片或電視畫面看到的不同，那肉塊是如此鮮明，令她胃裡一陣翻湧，一陣噁心感猛然湧上。她摀住嘴，在洗手間嘔吐。她強忍著胃酸的酸苦，一再嘔吐。

她奪走一條幼小的生命——

明明是拿定主意後才付諸執行，但罪惡感卻緊緊將她攫獲。她原本一直都不明白墮胎有多殘酷，看來是想得太天真了。她放聲尖叫，用力拍打洗臉臺，甩亂頭髮。她已瀕臨發狂，喪失時間感。待回復平靜後，為了將現實沖走，她把那東西丟進馬桶裡，一再按下沖水把手。馬桶的水滿出，肉塊跑了回來，沒能被漩渦帶走。

啊，祐介——

我這是何等罪過啊。做了無法挽回的錯事。腹中的孩子一直相信母親會保護他，但我卻殺了他。柔弱又純真無瑕的胎兒又有什麼錯呢？

她像發作般取出剃刀想要割腕。但她雖然奪走自己孩子的性命，卻無法了斷自己的性命。她將剃刀扔向地板，仰望天花板，放聲號啕大哭。

待淚水乾涸後，在朦朧的意識中，她心想，我得處理善後才行。正當她在沖洗滿是鮮血的雙手時，門鈴聲響起。他前來找美里——

「為什麼，妳這是為什麼……？」他雙膝跪地，緊緊握拳，放聲大哭。「這不是我們的孩子嗎？妳不是要生下他嗎……？」

他咬牙切齒地站起身，那雙充血的眼睛瞪得好大，裡頭帶有怒氣。

9 插花用的道具，形狀像釘床。

「妳竟然……殺了我的孩子。」

「你別再擺出情人的樣子了！」

他臉色為之驟變。

「妳說什麼？」

「少囉嗦，你這個跟蹤狂！」

說是為了防止她偷情，而在屋內裝設了監視器偷窺美里的私生活，佔有慾強烈的男人。

──妳的一切都逃不過我的法眼。

──擔心心愛的女友健康，也是理所當然的吧。

──日後要是成了倦怠期的夫婦，大概就是這種感覺吧？

──我會保護妳的。

隱藏在這些貼心話語背後的真意──是監視與束縛。一切都得照他的意思走，要是對方敢頂撞，他就會板起臉孔，讓對方閉嘴。

他的單邊臉頰肌肉跳動，向前跨出一步。危機感令美里展開行動，她馬上轉身。後方頭髮被拉扯，脖子往身後彎折。下巴抬起，天花板出現在她視野中。

「快、快住手！」

那是頭髮幾乎快要被連根拔除的劇痛。美里被推倒，俯臥在地，他的體重全落在美里背脊上，空氣從肺部洩出。她一邊叫喊，一邊掙扎，手腳不斷揮動。

「枉費我這麼愛妳……」

我會被他殺了。

得呼救……我得呼救才行。

腦後頭髮受到拉扯的美里，儘管喉嚨痙攣，但視線還是停在前方的床鋪。她伸長手臂，指尖碰到了床單。她一把抓住床單扯了過來，原本放在上頭的手機就此滑落地毯上。她一把握住手機，之後便任由對方抓著她的頭髮拖行。

會最先趕到的人是——

她選了聯絡人中的某個電話，她要找的人早已決定好了。電話接通。

「救命！我要被殺了！在我的住處——」

她不敵男人經過鍛鍊的臂力，手機被一把搶走。

他把手機砸向牆壁。

「妳給我差不多一點！」

美里甩開他的手臂，撲向流理臺，拔出菜刀轉身面向他，殺意注入刀刃中。

「妳幹嘛，想用它刺死我嗎？」

「現在的我，下得了手殺你。」

既然墮胎算是殺人，那麼，殺他根本不需要猶豫。因為殺一個人和殺兩個人根本沒差別。

美里挺出菜刀往前衝去，會刺中他腹部——正當她如此堅信時，手中的刀卻撲了個空。他在千鈞一髮之際避開。當美里正感到吃驚時，手臂已被扭住。

「放開我！放開我！」

美里半發狂地扭動身軀。他已奪下菜刀，拋向玄關處。

「臭女人！」

美里被摔倒在地，男子跨坐在她身上。他的臉在因淚水而變得扭曲的視野中逐漸變大。美里雙腳猛踢地毯，死命掙扎。

就在這時。他的體重突然整個落在美里身上。他全身變得鬆軟無力。

美里納悶地推開他。

「……妳、妳不要緊吧？」

抬頭一看，前男友直挺挺站在她面前，喘息不止。

美里淚眼朦朧地望著前男友，點了點頭。他右手緊握著一個金屬材質的書擋。

他平時都會到公寓這裡來，所以今天才會馬上就趕到。

他低頭望向那名昏厥的男子。

「為什麼……警察會襲擊妳？」

因為身分是警察，才能這麼輕易便將前來公寓查看的同行請走。他說在路邊小便也算是輕罪時滿口仁義道德，但另一方面卻又臉不紅氣不喘地濫用暴力。

這一切都是從那天開始。

美里為了前男友那宛如跟蹤狂般的行為而找警方諮詢，生活安全課的年輕員警很親切地對待她，她的第一印象是「是個笑容令人印象深刻，給人安心感的帥哥」。

「要是有什麼狀況，可以馬上聯絡我。」

美里很仰賴這位給她名片的員警，只要一有事——就算前男友的行徑沒那麼嚴重——就打電話給他，和他商量。當員警將出現在公寓前的前男友趕跑時，美里覺得他簡直就是英雄。而且警察這種值得依靠的職業也很帥氣。他那千錘百鍊的體格，隔著衣服也看得出來，而他擁有劍道段位這件事，也令人更加安心。

過沒多久，美里便開始對他有了好感。他在菜鳥員警時期，住過警察宿舍，所以練就一身好廚藝，常做菜請美里吃。每次他在屋裡過夜，就有滿滿的安心感。有生以來第一次真切感受到「被保護」的感覺。

然而——

過了一陣子，美里開始覺得不對勁。

她和女性友人一起去唱卡拉ＯＫ，明明才晚上七點左右，他便很生氣地說：「不要晚上出遊，不然我要逮捕輔導哦！」他休假時，還會跑到美里打工的地方接她下班，說他擔心會有蒼蠅纏著美里。

美里詢問女性友人的意見（她沒交過男友），友人說：「因為對方很愛妳吧。」也許是以前讓這位友人看過他的照片，因為對他的外表有好感，才產生這樣的偏見吧。

——這樣啊，原來是因為他愛我啊。

美里也這樣說服自己。

但他的行為愈來愈激烈。某天美里比較晚回家，結果他已經在屋裡等了。聽說是以他員警的身分來取得信任，而跟房東借到了鑰匙。

他逐一確認美里 LINE 裡的每一則訊息。要是手機設密碼保護，就會被他沒收，所以只能遵從。他平時很溫柔，可一旦有事不順他的意，就會對家具又打又踹。

他還交代美里，一個人在家的時候，要打開通話 App 保持聯繫。

他展開二十四小時監視，明知美里沒偷情，但還是疑神疑鬼，只要美里的態度讓他感到疑慮，就會在笑臉底下暗藏嫉妒，詢問「是不是有其他人在啊？」地刺探。

美里這時才發現。

這不是愛，根本就是跟蹤狂。原本親切待她的員警，搖身一變成了跟蹤狂。

美里不知道有什麼方法可以讓他死心。

她也想過要找警察幫忙，但當時那位中年員警的臉孔浮現腦海。

行不通——

對方一定不會理她。更重要的是，他們同是警察，一旦出了問題，整個組織都會加以包庇。

已經沒人可以倚靠了。

電視上頻頻報導跟蹤狂殺人事件。因為找了家人或朋友商量而把對方趕走後，結果被怒火爆發的跟蹤狂所殺害。儘管待在家中不出門，受害者還是全都遭到殺害，每次聽到這樣的新聞，就更覺得不能倚賴他人。

破壞我們之間關係的人是他——要是他這麼想，很可能真的會失控。自己重視的親友也有可能會因此被他殺害。而要是單方面與他斷絕聯絡，又會惹惱他。

美里每天都為此發愁——

某天，她發現自己月經遲遲沒來，驗孕後得知結果為陽性，她大為慌亂。後來回想，他一直都沒採取避孕措施。他總是說著「妳愛我對吧」，自己也因此無法堅決地要求他。

他從垃圾桶裡發現驗孕棒，得知美里懷孕的事，他高興得跳了起來，一再說「我愛妳」。還展現出完美男友的樣子，陪美里上婦產科。得知胎兒的性別後，他直接為孩子取名「祐介」。

在超音波檢查中，看到一個像豆子般大的胎兒——就活在自己肚子裡的孩子——

第一次看到時，他就像映照在黑影中的白色豆子。但在懷孕第三個月進行超音波檢查時，他小小的手腳、臉、身體，都已經可以清楚看見輪廓。能看出他的手腳在動，醫生還讓她聽了胎兒的心跳聲。

咚咚咚咚咚咚——

祐介踢她肚子時，她真切感受到「生命」。她確實感受到了愛。他一刻也不曾離開過她，在她體內努力地活著。沒錯，確實曾經有那麼一瞬間，她深愛著祐介，並真心想生下他。

自從成了孕婦後，他突然變得很關心美里的身體，展現體貼的一面，都這時候了，美里還想說服自己「這或許就是愛」。然而，「孕婦別外出」、「我很擔心妳，所以只要我打電話給妳，妳每次都得馬上接」、「妳是母親，別穿會展現身材曲線的衣服」，他的束縛開始有增無減。

美里無法想像自己與他共組家庭。

果然還是不能把這孩子生出來。

如果要墮胎，就得趁早。在對祐介的愛意與日俱增之前——

然而，查看附近診所的網站，上面都寫著，為了避免日後糾紛，墮胎需要伴侶的同意。而他不可能同意墮胎。

就算籌得出費用，還有他這個阻礙存在。

不能生下他的孩子。

已經沒其他選擇了——

美里還困在與他相遇後的惡夢中，貧血愈來愈嚴重，意識就此中斷。

5

美里因消毒水的氣味而醒來。眼前是純白的天花板，日光燈的燈光刺眼。

「真的好險。」

一位腦後綁著黑色馬尾的女性，她的圓臉滑進美里的視野中。美里斜眼望去，發現她身穿白衣。

「……我還活著嗎？」

「真的好險。妳大量出血……因為血都被衛生棉吸收，所以妳不知道自己的出血量有多少。」

因為這句話，記憶一口氣全部浮現。

「我將胎兒……」

美里深感自己的罪過，沉默不語，女護理師以柔和的笑容對她說道：

「胎兒也平安無事哦。」

這句話差點就直接穿過了美里的耳朵。聽不懂這話是什麼意思，美里似乎漂浮在事實與時間感都模糊不清的來世之中。

「妳說什麼？」美里回望那位女護理師。「我自己親手讓胎兒流掉了……」

「我聽救護員說了，聽說廁所裡滿滿都是血。」

「我用湯匙……」

「……妳可真亂來。」

「胎兒掉在滿是鮮血的地板上……」

「妳刮出的是胎盤的一部分，不是胎兒。」

「這怎麼可能……？」

美里坐起身，手按著腹部。

「之前產檢時，聽醫生說我這是前置胎盤啊？」

美里回溯記憶。婦產科醫生曾這樣向她說明。因為是前置胎盤，所以有可能會難產。一般正常的話，胎盤理應是位於子宮深處，但前置胎盤是位於入口附近，因而會提高生產時的風險。當時她因為對懷孕一事感到慌亂，所以不太記得這件事。

「話說回來，用一般的湯匙根本搆不到胎兒，妳刮出的是子宮口附近的一部分胎盤。胎盤是用來保護胎兒的重要部位，所以這對母子雙方來說都很危險。」

真不敢相信。理應已奪走的性命，竟然還好端端地在肚子裡？

「祐介還活著……」

她腦中一片茫然。

「請別再做這種傻事了。就算要人工流產，懷孕一過十二週，便算是中期引產，所以會撐開子宮頸口，和生產時一樣產下孩子，不是用器具去刮除。」

女護理師的聲音中透著怒氣。

「我……」
美里覺得自己這時該說些什麼，但遲遲說不出話。
女護理師隔了一會兒後，溫柔地摟住美里。
「妳一直都是獨自苦惱對吧……」
美里感受到女護理師的溫情，就此嗚咽起來，情感源源不絕地湧出。
女護理師一面安慰她，一面向她說明什麼是產後憂鬱症。談到病例和中藥後，女護理師說：「如果妳有需要，我可以介紹諮詢師給妳。」
美里拭去淚水望向她。
「謝謝妳……」
兩人沉默了一會兒。
美里無意識地輕撫肚子。看起來像在撫慰、像在道歉，也像在守護……
「對了。」女護理師像是突然想起似地說道。「孩子的父親也平安無事哦。」
父親——
這句話令美里背脊發寒，同時心裡有了覺悟。
「不對。」美里很明確地回答道。「他不是我的男友，他是跟蹤狂。」
「咦？」

如果是老天賜給我第二次做選擇的機會，那我的答案是——

「祐介不是他的孩子，是我的孩子。」

檢查結束後，美里接受刑警偵訊。聽說在她昏厥後前男友報了警。

剩下美里獨自一人時，她撫摸沉甸甸的腹部。

以前覺得沉重的身體，現在也開始覺得可愛。

我的寶寶，我的祐介——真的很抱歉。這時，她感覺肚子裡動了一下。

重新真切感受到胎內的生命。

過去的她對自己沒有自信，沒有成為母親的自信，沒有獨自養育孩子的自信。

但你是我的孩子。

——不管發生什麼事，我一生都會好好守護你。

今後我們要永遠在一起哦。

罪過的繼承

我的兒子明明沒罪卻被殺害，不可原諒！

失去孩子的父親被人襲擊。到底發生了什麼事？

他手腳受縛，在廢棄的工廠裡不知如何是好。

1

恢復意識後，發現自己被綁在椅子上，身在一處昏暗的場所。

曾我部邦和甩動他仍感到麻痺的腦袋，視線移向四周。在塵埃彌漫中，眼前是一大片水泥地，如同被遺棄的神殿般，立著整排柱子。呈Z字形的鐵梯前，堆高機化為影子，在原地蟄伏不動。滿地的鋼管、碎玻璃、捲成一捆的藍色防水布、載著木箱的手推車、直衝鼻腔的鐵鏽和雜草的臭味——

似乎是廢棄工廠。

到底發生了什麼事？

曾我部努力想要憶起。

我記得……是剛買完供花回家的路上。走在夜路上，突然一陣像爆發開來的衝擊傳遍全身，意識就此融入黑暗中。

是遭電擊槍襲擊嗎？為什麼？不記得我曾經惹誰怨恨。倒不如說，對某人懷有怨恨的是我才對。

寒冬的夜風從破裂的玻璃窗吹進室內，發出尖銳的呼號，寒風刺骨。

曾我部試著掙扎，看能否解開束縛。雙手手腕被繞到椅背後綁得很緊，腳踝分別被人用麻繩綁在椅腳上。

他徒勞無功。

試著叫喊求救。聲音在廢棄工廠裡形成回音，被吸進窗戶破裂的洞口裡，消失在暗夜中。

他持續叫了十分鐘左右，直到聲音變得沙啞，才就此作罷。

曾我部筋疲力竭地閉上眼。浮現在他眼皮裡的，是高志在十四歲那年，時間便永遠停止的臉龐。小學時，高志那雙圓眼充滿好奇心，總是偏著頭一再向父母提問。升上國二後，似乎和班上同學處不好，常板著臉回家。

——去死吧！最好有隕石墜落在學校裡！

先前問他學校生活過得怎樣，結果有一次高志很不屑地連同心中的憎恨說了這麼一句話。最近已沒人會這麼輕易就對人說出「去死」。社群網站上的大人們，就像口頭禪一樣老把這些話掛嘴邊，孩子們向他們學習，受到不良的影響。

曾我部身為父親，無法視而不見，就此訓了他一頓。他引用德蕾莎修女的名言（後來聽精通英語的朋友說，查探原文後，得知根本是別人說的話）來曉以大義。

注意你所想的，因為它會變成嘴巴說的話。

注意你說的話，因為它會變成行動。

注意你的行動，因為它會變成習慣。

注意你的習慣，因為它會變成個性。

注意你的個性，因為它會造就出命運。

「如果你周遭有人會對別人說『去死』這種詛咒的話語，你不妨仔細觀察他，因為他的長相一定很醜惡。」

高志可能是想起某人的臉，為之蹙眉。

「你要是說這種粗俗的話，不久後就會習以為常。要是真的發生災難，學校毀了，造成許多人喪命，你應該也不樂見吧？同學們都死了，你難道覺得無所謂？」

高志沉默不語，搖了搖頭。

「對吧，所以你不能說『去死』這種話。要是說這種話，真的就會有壞事發生，因為日本是言靈之國。你知道言靈是什麼嗎？」

高志再度搖頭。

「比較有名的，是像在婚禮中避談『去』、『切』之類的話，參加考試則是避談『掉落』、『刷』之類的。這被視為不能說的『禁忌用語』，每個人都會特別注意。因為話語中棲宿著靈力，人們說的話會對現實帶來影響，所以必須注意。」

「……要是說了去死這類的話，真的會帶有那種力量嗎？就算因為說的話而發生什麼事，那也只是湊巧吧？」

「那可不見得。雖然人們都說日本人沒有宗教，不過我們會去掃墓、過年去神社參拜、會投香油錢、會對佛龕合掌膜拜、購買能保佑心願達成的護符、在繪馬[10]上寫下心願、在盂蘭盆節迎接祖先的靈魂。一般也沒人會去破壞或汙損墓地和地藏王菩薩對吧？因為那麼做會遭天譴。日本人多少都相信神佛的存在。那些不好的話，最好還是別用。人們不是常說，詛咒別人，最後也會報應在自己身上嗎？要是對某人說『去死』，就會回到自己身上，可能會引發不幸。」

高志很坦率地點頭。

「……要是學校發生什麼事，爸爸可以聽你說。」

高志緊咬下脣，一臉苦惱地低下頭。儘管確定兒子肯定遇上什麼事，但曾我部沒催他說，只是靜靜地等。不久，兒子似乎耐不住沉默，主動開口。

「班上有幾個人說我壞話。我明明什麼也沒做，但他們卻說我是垃圾，要我去死，講了許多難聽的話。」

霸凌是吧。

曾我部將怒火緊緊握在手中。這是個棘手的問題，要以父親的身分到學校理論並不難，但要是導師沒處理好，情況將會惡化。

最後他只從高志口中問出這件事，做出的結論是先與妻子討論，日後再找導師談。

而就在這時。

接到警察打來的電話。

警方說，在後山沼澤裡發現一具溺死的屍體，從他的穿著來判斷，有可能是他兒子，希望他能去確認身分。高志那天從學校放學回家後便接著外出，就此一去不回。

抵達警局後，妻子說什麼也無法踏進太平間，曾我部便以父親的身分獨自進入。在簡單的臺座上看到的——確實是高志。他的臉像冬天的寒冰一樣蒼白，手腳泡得膨脹發白，身體吸飽了沼澤裡的水而鼓脹。北歐圖案的衣服，有一部分破裂。

曾我部感覺室內的白牆在搖晃，緊接著開始天旋地轉，天花板跑進他的視野中。就在他即將撞向地面時，刑警在一旁扶住了他。

他手抵牆壁，勉強靠自己站住，低語一聲「……是高志沒錯」，這已竭盡他全力。

後續的事他感到記憶模糊。刑警出言安慰他，待回過神來，發現自己坐在長椅上。妻子服了鎮靜劑，已經入睡。想必是從走出太平間的丈夫表情猜出是怎麼回事，陷入逼近發狂的狀態吧。他不記得自己回答了些什麼。

10 向神社或寺院祈願或是還願時，獻給神明的一小塊木板，上頭繪有圖畫。

警方明顯很想將這件案子當作意外死亡處理。或許是轄區內有女性連續遇害案件、對大學寄出的炸彈威脅、藝人遇襲案件、資產家離奇死亡等案件接連發生，他們已應接不暇。不過，身為死者的父親，實在無法接受。高志不可能無來由地跑到後山去。過去那座沼澤曾出過人命，所以妻子嚴格警告過他，絕對不能靠近。

不可能是意外死亡。為什麼兒子會……對於這不合理的現象，他滿腔怒火。

應該與之前兒子鼓起勇氣提到的霸凌事件有關吧。

警察完全派不上用場，他就這樣完成了守靈，妻子臥床不起，他在一旁照料，一個星期就這麼過去。這時，他走在夜路上遭人襲擊——

打破他沉思的，是一個踩在碎石子上的腳步聲。轉頭一看，廢棄工廠入口處的一道人影，吸引了他的目光。對方一動也不動，令他一時懷疑是雕像。但對方憑自己的意思行動，一步一步朝他走近。他明明一直期盼有人到來，但這時求救的叫聲卻卡在喉嚨，一句話也說不出來。

人影來到他面前停步，他終於得以看清對方的模樣。和他年紀相近——可能將近四十歲。樣貌清瘦，有一雙細眼，扁平的鼻子下方留著鬍子。此人像傷口綻開般睜開眼睛，他的眼瞳看起來似乎帶有一股瘋狂之氣。

曾我部嚥下緊張的情緒，抬頭望向男子。急促的心跳無比響亮，感覺很刺耳，在昏暗中傳了開來。額頭流下的汗水進入眼中，他眨了眨眼，將汗水驅除。

男子率先開口。

「感覺如何？」

這句話令曾我部確定男子就是擄走他的人。他瞪視男子。

「你是誰？為什麼要這麼做？」

在這死氣沉沉的工廠中央，男子那宛如朝黏土劃出一道裂縫般，不帶半點血色的薄脣，右側微微上揚，擠出微帶痙攣的笑意，令人背脊發寒。

「快替我鬆綁，你和我有仇嗎？」

為了消除心中的不安和恐懼，曾我部大聲問道。

「……你有罪。」

男子冷冷地應道。

「什麼？我有罪？」

「你得為自己贖罪。」

「什麼罪啊？我根本就不認識你！」

曾我部心中完全沒譜。家中代代繼承著當初祖父一手創建的不動產業，難道是因為這樣而遭人怨恨嗎？

「無知是一種罪。」男子說。「曾我部邦和，你有罪。」

「等等，我什麼都不知道啊！」

男子冷笑，但眼神裡完全沒有笑意，那宛如埋在皮膚裡的眼瞳，透著冷酷的黑暗。

「不只是你，你兒子也有罪。」

曾我部心臟陡然一跳，說不出話來。

我兒子也有罪——？

難道說……

曾我部雖然雙手被綁在身後，但他緊緊握拳。緊咬的下脣皮膚破裂，鐵鏽味在舌尖處擴散開來。

「是、是你殺了我兒子……」

男子臉上微微有表情剝落。

「你們完全不去面對自己的罪過，悠哉地過日子。所以我將他沉入沼澤裡。」

曾我部全身鮮血逆流，兩鬢的血管幾欲爆裂。他極力扭動身軀，椅腳幾乎都快折斷了。

可惡、可惡、可惡——！

站在他面前的，是殺害他兒子的兇手。他將憤怒和憎恨化為臂力，使勁想將束縛手腕的麻繩扯斷，全身骨頭發出陣陣擠壓聲。

他知道自己手腕破皮了，伴隨著一股宛如烙鐵印在上頭般的灼熱，劇痛傳遍全身。男子的眼神，就像在觀察被大頭釘固定的昆蟲展開死前最後的掙扎。

「你兒子在沉入水底時，還一直高喊救命呢。這是不願正視自己罪過的天譴。」

「開什麼玩笑！」曾我部像在嘔血般怒吼。「把我兒子還來！」

要不是雙手受縛，他應該會痛毆對方一頓。把對方掃倒在地，一腳將他踢飛，用力踐踏，持續毆打到他死為止。高志那淒慘的死狀，始終在他腦中揮之不去。高志生前天真的笑臉被趕到腦中的角落，腦中布滿的全是他痛苦的表情。

過去他從未這麼憎恨過別人。

曾我部朝他痛罵了好一會兒，氣喘吁吁。待他發現自己再怎麼掙扎、叫喊，也沒有意義時，他恢復了平靜。

「你說的罪過是什麼？」他喘息著擠出這句話。「我們不曾做過招人怨恨的事。」

男子挑釁地抬起下巴，嘴唇一歪，露出嘲諷之色。眼睛還是一樣不帶半點笑意。

「七十年前——二戰結束時，你的祖父做了很過分的事。他玷汙了我祖母。這就是罪過。」

曾我部隔了一會兒才理解。七十年前？祖父的罪過？從沒聽說過，也不曾聽祖父提過。

「你、你該不會……就因為那麼久以前的事，而殺了我兒子……？」

「沒錯。我每天都聽我爺爺說你祖父犯下的惡行，就這樣長大。他的行徑惡劣極了。」男子鼻頭擠出皺紋，以燃起熊熊憎恨之火的眼神不屑地說道。「我恨你們曾我部家。但你們既不認罪，也不謝罪和賠償，過著你們幸福的日子。用那些黑心錢經營不動產業，過著優渥的生活。不可原諒。你們應該全面認罪，跪在地上不斷道歉，直到我們這些被害人原諒你們為止。就因為你們不這麼做，所以我才決定替天行道。」

真不敢相信有這種事。別說高志了，連身為他父親的自己，發生那件事情時也都還沒出生，現在竟因為這個原因，而奪走他兒子的性命。就連將高志沉入沼澤裡的這個男人，在當時也還沒出生。可是他卻——

兒子十四年短暫的人生，就這麼不合理地被斷送，這股悔恨湧上心頭。高志想必很害怕吧，想必很難受吧。

儘管之前才向兒子說明憎恨別人有多愚蠢，但此時他對眼前這名殺人兇手的憎恨，燒炙著他的五臟六腑。「為什麼？」曾我部極力擠出這句話來。「為什麼挑上我兒子，而不是找上我爺爺或是我……？」

男子沉默不語。可能是外頭的烏雲遮蔽了月亮，廢棄工廠內的夜色濃重，鐵梯和重型設備的影子完全被黑暗所吞沒，而男子的表情也被塗上一抹暗影。

「是罪過的繼承，你和你兒子都繼承了你祖父的罪。既然有血緣關係，你們一家都有罪。繼你兒子之後，就換你了。」

他瘋了——

只能這麼想。就算爺爺真犯了罪，但反過來恨身為他孫子的我，以及我的兒子，還拿我們當報仇的目標，這根本……

「今晚你要好好反省你的罪過。」男子轉過身去。「明天我就送你去跟你兒子見面。」

2

被獨自留在漆黑的廢棄工廠後，遭捆綁在椅子上的曾我部死命掙扎。為了讓手腕從麻繩中抽出，他使足了勁。

絕不能就這樣白白被殺。既然殺死我兒子的兇手自己現身，我一定要查出他的真實身分，定他的罪。

在生存本能的驅策下，他極力掙扎，椅子發出卡喇卡喇的聲響。當他身體往左邊轉三十度時，前方數公尺遠的黑暗深處有個呈銳角的影子映入眼中。

是玻璃碎片——

曾我部上半身左右搖晃，以椅腳在水泥地上摩擦，緩緩前進。需要很漫長的時間才能抵達那裡，男子可能隨時都會返回。

焦躁感撕扯著他的胸口。心跳加速，因汗水而濕透的襯衫緊黏在皮膚上。待距離縮短後，已能正面確認是一塊玻璃片。他擺動身軀，使勁朝某個方向施加體重，椅子就此翻倒。

玻璃片就在前方二十公分處。他利用整個身體的反作用力，連同椅子一起往上滑動。玻璃片消失在椅背那一側，他以綁在後方的手摸索，指尖感到一陣劇痛。

他在腦中想像玻璃片的模樣，小心翼翼地讓捆綁他手腕的麻繩朝玻璃摩擦。一分鐘、兩分鐘、三分鐘……

從他髮際處滲出的汗珠掠過額頭，往右鬢那側滴落。

手腕也感受到痛楚，可能是玻璃片劃破了皮膚，肌膚傳來溫熱液體的觸感。

——你等著。我一定要逃離這裡。

曾我部反覆持續著動作，接著傳來啪嚓一聲，麻繩被割斷了。

太好了——他暗自叫好。重新握好玻璃片，以它代替小刀，開始著手切斷腳踝的束縛。麻繩很快便切斷了。他站起身，一時感到暈眩。他甩了甩頭，讓意識保持清醒，在廢棄工廠內前進。

為了以防萬一，他從擱置的重型設備後方移往鐵梯後方，接著再到巨大的鋼管後方，從敞開的鐵門內往外窺望。茂密的雜草隨著夜風擺盪。

沒看到那名男子的身影。

曾我部做了個深呼吸，吸了一大口夜氣，就此衝出廢棄工廠。朝住宅區的街燈走去，在大路上攔了一輛計程車。在車上，他朝懷裡摸索，取出手機後從聯絡人中選出立石刑警的名字。

響了幾聲後，立石刑警接起電話。可能是因為已即將深夜十二點，對方的聲音顯得有點厭煩和不悅。

「曾我部先生，您的心情我懂，但目前案件的相關證據還……」

「我有證據了！」曾我部大聲打斷他的話。從視野角落可以看出，那位年近半百的司機嚇了一跳。「那名兇手，殺害高志的兇手主動與我接觸。」

「你說什麼?!」

他的聲音和剛才不同，此時透著緊張。想必是覺得這事不能置之不理。

「我走夜路時遭人襲擊，監禁在廢棄工廠。」

「請、請等一下。監禁？您現在沒事吧？」

「是的。我原先被綁在椅子上，但我趁兇手離開的空檔，用玻璃碎片割斷繩子逃離。」曾我部朝豎耳細聽的司機瞄了一眼，接著說道。「我現在人在計程車上。」

「您沒事就好。為什麼您知道那個人是殺害高志的兇手呢？」

「……那名男子自己說的。他說一切都是我祖父一手造成的，我們一家都有罪，所以他才將我兒子沉入沼澤裡。男子接下來打算殺了我。」

「您祖父的罪？」

「我不知道，我也是第一次聽說。他說二戰結束時，我祖父玷汙了他祖母。立石先生，拜託你，請前往廢棄工廠一趟。兇手說明天會殺了我後就這麼走了，他應該還會再回去，請你逮捕他！」

「……我明白了。我會盡速展開搜查，之後再向您詢問詳情。」

曾我部告知廢棄工廠的位置後掛斷電話。抵達住家後，他支付車資，走下車。一邊確認庭院的監視器，一邊從狗屋前通過，走進家中。

「惠美、惠美——！」

他一邊叫喚妻子的名字，一邊打開寢室門。惠美躺在床上，發出平穩的呼吸聲。確認她平安無事後，曾我部撫胸鬆了口氣。兒子死後，妻子在喪禮中與他做完最後的告別，這已用盡她最後的力氣，之後便一直臥床不起。

曾我部把手伸進棉被裡，握住惠美的手。

「……我一定會讓殺害高志的兇手贖罪。」

說出自己下定的決心後，他離開寢室，來到客廳的臨時佛堂前端正跪坐，凝視著兒子的骨灰和遺像。再也不會改變的表情被封印在照片中。

——你很痛苦對吧？

明明沒做什麼壞事，卻遭人不合理地仇恨，才十四歲就被奪走性命。

出現在廢棄工廠的那個男人究竟是誰？要是警方能逮捕他的話，一切就會真相大白。

曾我部完全沒闔眼，一直等候立石刑警與他聯絡。晨光從薄薄的窗簾縫隙射進，光束一路延伸至臨時佛堂前。他抬頭看掛鐘，已是早上七點半。

他精神耗損，眼睛痠痛，同時感到陣陣頭痛。胃部就像吞了好幾根針似的，有針扎的刺痛。

他再也無法按捺，主動打了電話。立石刑警一應聲，曾我部馬上不客氣地問道：

「兇手來了嗎？逮捕到了嗎？」

「……搜查員警已經展開監視，但對方還沒現身。」

「會是他已經發現我逃走了嗎？」

「這不清楚。我想先詢問您事件的情況，可以在警局裡和您談談嗎？」

「怎麼談都行。請一定要逮捕兇手。」

3

曾我部前往一處安養中心，午後的陽光穿過玻璃窗，照亮有花朵圖案的白牆與花瓶裡的人造花。

他與工作人員知會一聲，獲准用輪椅推祖父——曾我部孝臣外出。過去向來以腕力自豪的祖父，今年也九十五歲了。黑白照片中，那身不輸礦工的肉體，現在也已老化，肌肉也都消失了。就像骨頭上貼了一張滿是老人斑的薄皮。

曾我部扶著輪椅來到中庭，角落裡立著一排樹葉落盡的樹木，因冬天的寒風而枝頭顫動。

二戰結束時的罪過是吧。

曾我部望著祖父還留著稀疏白髮的頭頂，內心回想著那名男子在廢棄工廠裡說的話。

祖父到底做了什麼？

男子說祖父玷汙了他祖母，所以大致猜得出是什麼情形。

「爺爺。」曾我部拿定主意，開口詢問。「我有話想問你。」

祖父望著前方的枯樹應道：「什麼事？」雖然聲音沙啞，但不同於蒼老的肉體，聲音顯得清晰有力。

之所以選擇邊散步邊談話，也許是因為沒有勇氣與祖父面對面。在追究七十年前的罪過時，可能會別過臉去，不敢看他。

自己到底想說些什麼？因為祖父的罪過，而輾轉造成高志喪命，難道應該以此責怪祖父嗎？但兒子之所以會遭到殺害，是男子懷恨所造成。男子以他根本還沒誕生的時代所造就的罪過為由，奪走高志的性命。不可原諒。

才國二生的高志，何罪之有？

「你還記得二戰時的事嗎？」

祖父沉默不語。祖父裝了助聽器後還是一樣重聽，本以為他沒聽見，想再重新問一次，但祖父卻先開口回答了。

「我怎麼可能忘了。空襲、原子彈爆炸、天皇對全民廣播、占領軍——那都是轉眼間發生的事。」

祖父談到戰時的艱辛。眼看會客的時間就快結束了，曾我部決定適時打斷他的話，步入正題。

「我今天來，是有事想問你。」曾我部嚥了口唾沫，潤了潤因緊張而乾渴的喉嚨。「爺爺，你在終戰時曾傷害某位女性嗎？」

一談到核心的問題，祖父頓時全身一僵，肉體如同變成枯木般僵硬。

「你……」祖父就像要讓脖子發出嘎吱聲般，轉頭望向身後，就此與那害怕的眼神對上。「你知道什麼嗎？」

「我聽說爺爺玷汙了一名女性，我和那名女性的孫子見過面。」

他還沒告知高志的死訊，男子殺害高志的事，他打算先瞞著不說。

「……太田川房江女士的孫子是嗎？」

連名字都還記得是吧。對祖父來說，想必是很深重的罪過，難以忘記吧。

「她孫子說，爺爺你做了很過分的事。那位太田川房江是誰？」

如果沒讓人招贅的話，那個殺了高志的男人就姓太田川。沒想到這麼快就能查出兇手的姓氏。

曾我部緊握輪椅推柄，朝拳頭裡注入怒氣。

祖父視線望著前方低語，那是幾乎會被寒風掩蓋的微弱聲音。

「那是場誤會……」

「咦？誤會？這話怎麼說？」

「我沒傷害房江女士。」

「可是，她孫子說……」

「我不知道別人怎麼說，但那並非事實。」

「既然是這樣，為什麼你要隱瞞？」

「我沒隱瞞。這是我個人的一段往事。」

男子奪走高志性命的動機為何？此事非知道不可。經過追問後，祖父這才娓娓道來。

「二戰結束後，大家都很窮，因為配給的物資都會晚好幾個禮拜才配送，所以大家都餓著肚子。在黑市很流行『剩飯大雜燴』。那是將進駐軍的剩飯放進大鍋裡煮成，很油膩，而且有股令人聞了皺眉的臭味。」

開往黑市的採買列車上擠滿了乘客，每個人都是從車窗外探進身子。在車窗下的人將背包往上抬，車裡的人從窗口接。接著抓住窗框，爬進車內。

當時二十五歲的孝臣，很早就看準了黑市，和黑道的朋友聯手當商販。不論是食物、衣服，還是香菸，全部一應俱全，不過米和砂糖警方盯得很緊，所以他們不太敢賣。在黑市裡買賣會構成犯罪。

黑市裡擠滿了數以千計的人。

一九四六年五月三十日——

一名背著嬰兒的女性，遞出錢說道「我要買那個」，但她給的錢不夠。

「抱歉，這樣我沒辦法賣妳。」

「拜託你。我已經好幾天沒吃東西了。」

女子的表情無比真切。她兩頰瘦削，幾乎都可以看出顱骨的形狀了，但要是三餐能吃飽，想必會是個大美人。雖然興起對她的同情，但不能給她特別優待。

「不好意思……」

孝臣正打算再次拒絕時，突然出現數百名員警突襲黑市。攤販們大聲咆哮，群起抵抗，傳出了槍響。怒吼聲、慘叫聲、噪音——

在混亂之中，剛才那名女子忙著撿拾滾落地上的馬鈴薯。再這樣下去，她也會被捕的。

孝臣無法放下她不管，一把抓住她的手，把她拉了起來。「快來！」他大喝一聲，向前奔去。

逃到安全的地方後，喘得上氣不接下氣。

祖父說到這裡歇了口氣，曾我部問：「然後呢？」

「我到她住的破房子裡跟她聊聊。她說她接獲通報，說她丈夫所屬的部隊全軍覆沒了，她獨自生下孩子，一直苦撐到現在。她希望我能分點食物給她，但我拒絕。因為這些東西是黑道在控管。要是擅自帶走，連我也會有性命之危。聽我這樣說，她便脫去身上那件滿是補丁的衣服，對我獻身。」

祖父抗拒不了誘惑。從那天起，他便與房江保有這層關係，從黑道那裡偷食物給她。如果只為了單純的性慾，應該是不會冒這麼大的危險才對。房江為了嬰兒而獻身，還親手做菜給祖父吃，以充滿母性光輝的笑臉相迎，不知不覺間，祖父對她有了感情，似乎真心愛上了她，也開始認真思考要與她結為連理。

「然而，某天她那以為已經戰死的丈夫突然回來了。我在對方的咆哮下，從窗戶落荒而逃，與她的關係就此結束。」

「既然你不是強行侵犯對方，為什麼她的子孫這麼恨你？」

「……後來我年過六十，突然想起那段往事，於是用盡各種方法找出她的住處，才得知她已過世三十多年。我前往她墓前上香，就此與那個男人不期而遇。當我得知男子是她丈夫——太田川壯一郎後，我不自主地為當時的事向他道歉。因為就結果來說，我是在他不在時，睡了他老婆。太田川將我痛罵一頓，說我強姦了她。想必是我逃離她家的那天晚上，在丈夫的逼問下，她做了那樣的說明吧。」

這麼說來，廢棄工廠的那名男子說的理由，與真相根本就截然不同嘛。

「儘管如此，太田川的憤怒我能理解。我心想，我只能永遠背負這無法抹滅的罪過了。然而，某天太田川帶著他兒子浩一到我公司來。自稱是律師的浩一嘴角帶著冷笑，以外表客氣、其實內心傲慢的態度，要求我謝罪和賠償。還講了許多艱深的法律用語。我拒絕後，他馬上態度驟變，怒罵我是『無恥的傢伙！』，接著他們的同夥整天占據大樓前面的空間，不斷中傷我和公司。一群流氓不斷叫喊著『喂，少瞧不起人哦！』，在我們家前也持續做出同樣的行為，你奶奶因為這樣而身體出狀況，就此病逝。」

祖父過去很少談到祖母的事。

「一再找麻煩，直到對方受不了為止，這是他們的做法。人一旦有了身分地位後，對這種沒什麼東西好失去的人特別沒轍。我一度給了錢，他們也安分了一陣子。但過了一陣子，又開始上門要錢。我也請了律師，用法律的途徑讓他們安分，不過……」

在這麼可怕的丈夫逼問之下，太田川房江也只能騙他說自己是遭人強姦。對原本以為丈夫已經戰死的她來說，就只是為了讓自己和孩子活命，而獻出自己能貢獻的東西，可說是盡了全力。雖然祖父說自己有罪，但曾我部並不這麼認為。

向祖父敲詐的太田川壯一郎，忘不了自己的憎恨，而刻意捏造出對自己有利的過去，在兒子和孫子心中種下憎恨的種子嗎？

「……邦和。發生什麼事了嗎？」

曾我部手握輪椅的推柄，沉默不語。

「太田川他們又來找麻煩嗎？不過，你可別怨恨他們哦。憎恨不會帶來美好的未來。」

「可是……」

曾我部將反駁的話語以及無處宣洩的怒火往肚裡吞。因為祖父不知道高志已遭殺害，所以才說得出這種好聽話。

「那個姓太田川的人，也對自己的孩子種下憎恨的種子，所以我們才會被盯上。」

「……原來是這樣。」祖父滿是苦惱地嘆了口氣。「如何教導孩子很重要。太田川用錯了方法。戰時與我們互相廝殺的美國，現在成了同盟國。教育的方式很重要。如果日本的戰後教育是仇恨美國，能構築出現在的良好關係嗎？不可能。要是沒體驗過戰爭的日本人，對美國人抱持敵意，動不動就要責問過去的罪過，同樣沒體驗過戰爭的美國人就會感到厭煩，產生反感，而就此互相憎恨吧。」

他明白祖父想表達的是什麼。國高中時，有一門「道德教育」課，會聽原子彈受害者的經驗談和感想。他們沒人對投下原子彈的美國說出憎恨的話語。談的都是「戰爭有許多人痛苦、悲傷，所以不能讓同樣的情況再度重演。重要的是停止互相憎恨，捨棄核武，共同建立和平」這樣的內容。

要是原子彈受害者告訴大家「美國對日本使用了大量很不人道的殺戮兵器，不可原諒。美國是個野蠻又罪孽深重的國家。明明投下原子彈，卻沒謝罪，也沒賠償。不人道的美國人，應該要了解被害人的痛苦」，如此教導大家憎恨，不知道會變成怎樣？正因為沒種下憎恨的種子，大部分日本人才沒被過去困住，能由衷享受美國的電影、小說、娛樂等文化，對美國這個國籍也沒抱持偏見。

就算灌輸憎恨，也沒任何好處。絕對無法構築出積極正向的關係——是這樣對吧？不過，太田川壯一郎用憎恨來教育孩子，最後導致高志遭到殺害。

這全新造就出的重罪，不可能饒恕。

一定得要對方贖罪才行。

曾我部向祖父道別，就此離開安養中心。

4

回到家中後，曾我部坐向沙發。

太田川是吧。

這個姓氏似乎曾聽過。在哪裡？在哪裡聽過？

他朝憶海中搜尋，猛然憶起。他取出高志國中時的本子，加以確認。

高志就讀的二年二班，有個人叫太田川純。家長會幹部名冊中，印有他父親的名字——太田川孝典。這應該就是太田川壯一郎的孫子吧？原來就住這麼近。

以年齡來看，太田川孝典應該就是出現在廢棄工廠的那個男人。他應該是從小聽自己的祖父或父親提到「曾我部一家的罪過」。他發現兒子純的班上同學有個人姓「曾我部」，心想不會這麼湊巧吧，就此展開調查，進而得知他是當初玷汙自己祖母的那個男人的曾孫，就此燃起復仇之心，而將高志沉入沼澤——曾我部的想像漸漸串連在一起，有種一步步導出真相的感覺。

曾我部取出手機，從聯絡人中選出立石刑警的名字，但手指就此停住。

原本是打算一查出兇手身分，就要跟刑警報告。但真的查出後，卻又感到猶豫。他想先自己親眼確認。

曾我部打電話到學校，半強迫地從導師那裡問出太田川家的地址後，他馬上離開家門。路上攔了輛計程車，直接前往目的地。

坐在車上時，他頻頻抖腳。他緊握膝頭，極力想要壓抑。

十分鐘後，他走出計程車。一棟老舊公寓的一〇三號房門前，就掛著寫有「太田川」的門牌。

曾我部做了個深呼吸，朝木門走近。手指伸向門鈴按鈕，緊咬下唇。要是對上廢棄工廠的那名男子，該怎麼辦？要將殺害兒子的兇手打趴嗎？

他猶豫了四、五分鐘後，按下門鈴。他緊緊握拳，等候那一刻的到來。

門把轉動，房門開啟。緊張感傳遍他全身，心跳加速，令他兩鬢發疼。

開門露臉的，是個還微帶稚氣的男生。蹄鐵形的眉毛、令人聯想到大蒜被壓扁的塌鼻子，都看得出廢棄工廠那名男子的影子。他應該就是高志的同學純。少年一臉狐疑地瞇起眼睛，抬頭看這位來訪者。

「叔叔，你是誰啊？」

曾我部瞪視著純。

「……我是你爸的朋友。你爸在嗎？」
純把臉轉向一旁。
「他從昨天開始就沒回來了。」
「那你爺爺呢？」
「在裡頭。他沒辦法走路，所以都躺著。」
曾我部隔著純的腦袋，看到鋪榻榻米的房間，從中看到隆起的棉被一角。自稱是律師的太田川浩一就躺在那裡嗎？
「不好意思，請讓我進屋。」
曾我部不等純回覆，直接就脫鞋走進屋內。「喂……」後頭傳來少年不知所措的聲音。
室內有個老人躺在棉被裡。一位像是他妻子的老太太，正拿著菜刀在廚房做菜。當她發現有人入侵屋內，馬上發出尖叫。
「小、小偷！」
曾我部搖頭。
「我……是妳孫子同學的父親，名叫曾我部邦和。」
老太太臉上浮現困惑之色的同時，浩一也掀開棉被，骨瘦如柴的老邁身軀猛然坐起。

「你、你這傢伙！是曾我部家的人嗎？」

「……沒錯。」

「快點跪下──」浩一皺紋深邃的喉嚨顫動著，就此咳了起來，望向佛龕。「向家父謝罪。」

「沒什麼好謝罪的。」

面對浩一的怒容，他已失去冷靜，無法再繼續用客氣的用語對應。

「什麼！身上流著強姦犯血脈的人，看來是完全沒羞恥的概念。」

「我祖父沒強姦，他們雙方是你情我願。」

「少鬼扯！」浩一口水四濺。「不想認罪是吧？你這個繼承了罪犯血脈的雜碎，你們這罪孽深重的一家人，早點自取滅亡吧！」他來回瞪視著妻子和孫子。「快點把這傢伙轟出去。順便撒鹽。」

相對於一臉困惑的老太太，純則是臉上流露憎恨之色。他瞪大眼睛，齜牙咧嘴。

「出去！快點出去！」

曾我部不理會少年的咆哮，定睛注視著浩一。

「你就是這樣將憎恨植入他們心中，你兒子孝典才會殺了我兒子！」

現場氣氛凍結。浩一和老太太都瞪大眼睛。純在知道父親殺了自己同學後，可能是感到慌亂，臉色顯得很蒼白。

「你兒子說這是『罪過的繼承』，想連我也一起殺了。這都是你和你父親灌輸他憎恨的結果。」

「有什麼不對？我只是告訴他你祖父曾經犯下的惡行罷了。我叫他不能忘了我們所受的傷害和屈辱，要傳給孫子的孫子的孫子，永遠傳下去。靠黑市賺大錢的曾我部家，以前以黑市的商品當誘餌，占據別人妻子的身體，加以傷害。」

「那不是事實。就算是事實，我們這些子孫也沒任何罪過。」

「一旦家人犯了罪，全家都有罪。」

他講的這套道理，和太田川孝典一個樣。不，是孝典模仿父親的這套愚論。

「連罪犯的兒子和孫子也得入獄的這種先進國家，根本不存在。就只有黑社會才會這麼向子孫問罪。」

「只要低頭認罪，謙虛簡樸地過日子，這樣就行了。你們這個靠著染滿鮮血的黑錢致富，可惡的一家人。」

「你說染滿鮮血是什麼意思？」

「因為你祖父的緣故，我父親每天都責備我那被玷汙的母親，最後我母親上吊自殺。正因為有祖母被害死的那段過去，殺死你兒子的孝典想必也很心痛。」

「你真是瘋了！」

「你說什麼?!」

浩一一把握住和室桌上的茶碗，高舉過頂。曾我部反射性地縮起脖子，頭上傳來一陣風切聲，正後方發出陶碗碎裂的聲響。

再待下去也沒意義。要是繼續待在這裡，接下來恐怕換自己會犯罪。因為曾我部之所以沒告訴警方，自己跑來確認，也是因為他想要對方贖罪，要他們道歉。

當他轉身時，放在衣櫥上的相框映入眼中。與穿著短袖短褲的純一起拍照的父母──他父親的長相，確實就是出現在廢棄工廠的那個男人。

他心想，這次登門拜訪總算沒白來。

曾我部走出那棟舊公寓後，仰望天空做了個深呼吸，打電話給立石刑警。

「殺了我兒子，而且想連我一起殺的男人，我已經知道是誰了。是我兒子班上同學的父親，太田川孝典。照片和本人一致。」

5

接獲太田川孝典被逮捕的通報，已是三天後的事。他被人發現躲藏在網咖。

曾我部朝兒子的遺照和骨灰雙手合十。

——兇手被逮捕了，高志。爸爸本想親手為你報仇，但最後還是交給司法。你可以接受吧？

心中的黑暗——懷抱的怒火無法抹除。但我的選擇絕對沒錯——他希望自己能這麼想。

說完後，他從狗屋裡牽出小健。原本帶狗散步是高志每天必做的工作，現在落在他身上，這一週來他也習慣了。雙腳很自然地朝國中走去，後面有一座幾乎要籠罩整座校舍的後山。

曾我部和小健一起走進後山，樹林和灌木從兩側逼近的山路一路往前綿延，彷彿要被吞進深綠色的叢林中一般。他前往高志死後便不曾靠近過的命案現場。

走了約十分鐘後，在一處荒草叢生的地區，可以看見上頭架上線圈狀鐵絲的帶刺鐵絲網。自從過去發生過溺水事件後，便架起了鐵絲網，防止孩子入侵。

小健突然吠了起來向前奔去，幾乎都快把牽繩扯斷了。

「喂……！」

曾我部身子前傾，往前走了幾步，就此停住。小健撥開雜草，鼻頭探進鐵絲網下方，就這樣持續吠叫著。

牠是想告訴我什麼嗎？把臉湊近後，發現鐵絲網下方有個可讓狗通過的裂縫，鐵絲的前端卡著一塊布。

看了覺得眼熟，與高志被殺害那天所穿的衣服是同樣的北歐圖案。經這麼一提才想到，兒子的衣服破了一小塊。想必兒子從這個洞爬進去過。

正當他被衣服碎片吸引目光而微微鬆手時，小健已鑽過那處鐵絲網的裂縫處了。牽繩從他手中滑脫。

這狗可真任性。但他原本就想到鐵絲網對面看看。

「在那裡等著哦，小健。」

說完這句話後，他沿著鐵絲網走。前方二十公尺遠的地方有一扇格子門，原本綁著不讓人打開的鐵絲已被剪斷。

曾我部打開那扇格子門，走進鐵絲網裡面。裡頭覆滿了雜草，草長及膝，頭頂交疊的枝葉形成一座綠色隧道。

他沿著鐵絲網走了回去，發現小健已不在裂縫那裡，應該是自行跑到沼澤那兒了。這時，後方傳來吠叫聲。轉頭一看，小健已等在鐵絲網的另一側。

曾我部疲憊地嘆了口氣。應該是在他前往格子門的時候，又跑了回來吧。

「真拿你沒辦法。這次要在那裡乖乖等著哦。」

曾我部向小健下達命令，準備往回走。從樹林的縫隙間可以看見沼澤，有個矮小的人影映入眼中。雖然不可能有這種事，但他一時以為是兒子站在那兒。

他搖了搖頭，將那宛如白日夢般的幻想逐出腦中。

得警告裡頭的那個孩子。

曾我部將小健留在鐵絲網外，朝沼澤奔去。他就像要將長長的雜草踩亂似地一路往前衝，沼澤前的那名少年可能是聽到聲響，轉過身來。

是太田川純。兩人視線交會後，少年為之瞠目，臉上浮現慌亂與不安夾雜的表情。

「啊，我……」

看到那名可恨加害者的兒子出現眼前，明知這樣沒道理，但那黑暗的情感仍不免在心中蠢動。沒錯，站在眼前的，是那名因為懷恨而殺害高志的男人他兒子。

——是罪過的繼承。你和你兒子都繼承了你祖父的罪。既然有血緣關係，你們一家都有罪。

太田川孝典說過的話在腦中浮現。那是像汙泥般的怨恨，緊黏在腦中揮之不去。

太陽似乎隱遁在浮雲中，從樹冠射進的斑駁光線就此消失，整座森林都被暗影掩蓋。那土褐色的泥沼，此時看起來也像焦油一樣黝黑。

站在兒子被奪走性命的昏暗場所，感覺自己的內心也逐漸被黑暗侵蝕。

被迫為曾祖父贖罪的兒子。如果有血緣關係的一家人都有罪的話，這名少年不也應該為他父親贖罪嗎？要是純被殺害，他們不知會有什麼反應。

他們還能繼續堅稱「一家人都有罪」的論調是正義嗎？還是說，他們會就此曉悟，明白向無關的子孫問罪是多愚昧的行為呢？

曾我部與他拉近一步的距離。

純受到他的氣勢震懾，向後退卻。純轉頭望向已逼近身後的泥沼，再次轉頭面向曾我部。他眼中明顯流露出恐懼之色。

將不合理的罪硬加在高志身上的太田川孝典。一直向子子孫孫教育憎恨的浩一。

他們才應該了解自己的罪過吧。

曾我部再度向前跨出一步。心臟就像壞掉的鐘一樣，持續發出渾濁的跳動聲。視野變得狹窄，只看得到純與他背後的泥沼。

純遭殺害後，他們還能說不相干的子孫有罪過，繼續主張那愚昧的論調嗎？他想親自確認看看——

進退維谷的純，已無路可退。他腳跟靠向泥沼的邊緣，全身僵硬。

不可原諒。去死、去死、去死——

曾我部朝純的面前逼近，居高臨下瞪視著他。他張開原本垂向兩側，緊握的雙拳，緩緩抬起。他的十根手指比出脖子的形狀，朝少年的喉嚨湊近。

犬吠聲在耳畔響起。

曾我部猛然回神，回身而望。發現從草叢上現身的小健，就像在責備他似地一再狂吠。

我剛才那是多可怕的念頭啊。

——注意你所想的，因為它會變成嘴巴說的話。

——注意你說的話，因為它會變成行動。

不可原諒、去死，當他在腦中誦念這些詛咒的話語時，那不祥的詛咒也即將轉為行動。他想起之前教導高志所說的話。

此時心中暗藏殺意的自己，不知神情有多醜陋。

隔了一會兒，他朝小健走近。

「……你又從洞口鑽進來了。」

為了避免再次錯過彼此，回去時一起從格子門出去吧——就在他這麼想的時候。

突然覺得有哪裡不太對。

話說回來，太田川孝典是如何將高志帶到這裡面來的？

高志的衣服卡在鐵絲網的裂縫上，所以高志肯定是從裂縫處鑽進這裡。但成人沒辦法。就體格來看，不可能鑽得過去。不太可能是太田川孝典先叫高志鑽過鐵絲網，自己再走到格子門去。

難道是——？

曾我部望著呆立在泥沼前的純。他的心跳變得急促又響亮，汗水從額頭滲出。

如果同樣是國中生，就能通過鐵絲網的裂縫處。他威脅高志，把他帶到後山來，命令他鑽過鐵絲網，自己也隨後跟上。接著強行帶他來到泥沼前，將他推落——

如果是這麼想就說得通。一切都兜得攏。

霸凌——

高志說過的話浮現腦中。

「是你……」曾我部朝純逼近。「在這裡殺了高志嗎？」

純的眼神一陣游移後，似乎承受不了與他目光交會，別過臉去。

這下就確定了。

殺害高志的人是純。

「為什麼！」曾我部朝他怒吼。「為什麼要殺害我兒子！」

純瞪視著雜草，沉默不語。寒風像在玩弄整片森林般不斷吹襲，黑色的波紋在泥沼表面擴散開來。不久，少年像在低語般地應道：

「因為我聽說他是壞蛋的曾孫……我要他道歉，但他不肯……我心想，高志是個卑鄙的加害者，身為被害者親人的我，要怎麼對他都行……於是我戳他、踢他，和大家一起欺負他。」

這下子知道高志在班上被霸凌的原因了。純向周遭人散播高志的壞話，煽動同學。

──那傢伙是個壞蛋。

──他身上流著罪犯的血脈。

──但他卻完全不反省，還否認一切的罪。

同學們相信純散播的流言，馬上便認定高志是個卑鄙的人，就這樣開始討厭他嗎？

「他反過來責備我，說我不該說『去死』這類的話，我聽了覺得火大，就叫他到後山來……推了他一把，結果他就溺水了……我不是故意的。」

純說話時，聲音一直在顫抖。

純打從懂事起，就一直被灌輸著這種觀念，說曾我部孝臣對他們做過怎樣的惡行。想必要不了多久的時間，便已足夠讓他的憎恨和怒火大幅增加，並對曾我部一家人懷有敵意，所以才會做出犯行——不，他本人應該沒有犯案的意識。由於父親告訴他，曾我部一家人罪孽深重，不可饒恕，所以他才會認為自己出面責備他，是理所當然的權利。

「……你爸爸知道你做的事嗎？」

純猶豫了一會兒後，點了點頭。

「因為我看到高志浮在沼澤上，心裡害怕，就告訴爸爸這件事。我爸爸自己一個人去了沼澤，回來後吩咐我，這件事別跟任何人說。但這件事上了新聞，警察到學校來，我擔心自己會被捕，而問爸爸該怎麼辦才好，結果他跟我說『我會想辦法，這全部都是我們大人的責任』。」

太田川一家標榜著「繼承罪過」的道理，懷著仇恨的心，告訴子子孫孫邦和的祖父曾我部孝臣在二戰結束時所犯的罪。結果純認定高志是個壞蛋，自己不管怎麼對他也沒關係。而太田川孝典在得知自己兒子殺人後，前往後山確認，剪斷格子門上的鐵絲，走向沼澤。他發現高志的浮屍時，想必心裡很慌亂。

日後當這起命案被人察覺時，他不認為警方會當作意外死亡處理，搜查到他兒子身上是時間早晚的問題，他很擔心。因此，為了對自己讓兒子繼承憎恨的行為負責，他決定包庇自己的兒子。

現在回想，把人擄去廢棄工廠監禁一事也很古怪。明明暴露自己的長相，供出犯行，甚至透露犯案動機，卻沒奪走他的手機和錢包，只是把人綁在椅子上便就此離去，還特地宣告隔天要對他處刑。

就像是在給他逃脫的機會。

打從一開始他就沒打算殺人。他真正的目的，是要曾我部查出他的真實身分，讓警方逮捕他。

太田川孝典繼承了兒子的罪過。

曾我部瞪視著純。

本以為會再次燃起殺意，想同樣將他沉進泥沼中。但說來也真不可思議，在知道真相前的那股激動情緒，始終沒再出現。

他究竟該恨誰呢？

「你……」

曾我部擠出這句話後，純全身為之緊繃，就像在等候宣判死刑般，喉結上下滑動。

曾我部緊緊咬牙，伴隨著呼吸，吐出他心中的憎恨。要將力氣從緊握的拳頭洩去，需要相當的意志力。

「應該要向警方坦誠一切，你要為自己犯下的過錯贖罪。」

純的眼中出現絕望的漩渦。

太田川孝典得知自己兒子所做的事，這才發現他們過去的愚蠢，明白教育孩子憎恨是錯誤的行徑。

太田川孝典以為這樣就能負起責任，繼承兒子的罪過了嗎？但他錯了。並不是他代替兒子被捕，這件事就結束了。

「你聽好了。」曾我部對純說。「你要贖罪。」

——你可別怨恨他們哦。憎恨不會帶來美好的未來。

不過，因為「不知道」，而「什麼也沒繼承」的自己，真的沒有任何罪過嗎？

曾我部回想起祖父說的話，就此轉身背對那沉積的黝黑泥沼，握住小健的牽繩，邁步離去。

他的心中仍舊紛亂，黑暗的情感在心底蠢動。他以當時對高志說的話，說給自己聽。

由我來結束這場憎恨的繼承——他以滲血的覺悟，做出這樣的決定。

死亡隨著早晨振翅而來

出獄後便過著正常人的生活，這樣是可以的嗎？

離開札幌監獄的男子，朝建築行了一禮。胸中還懷有殺人時的罪惡感……

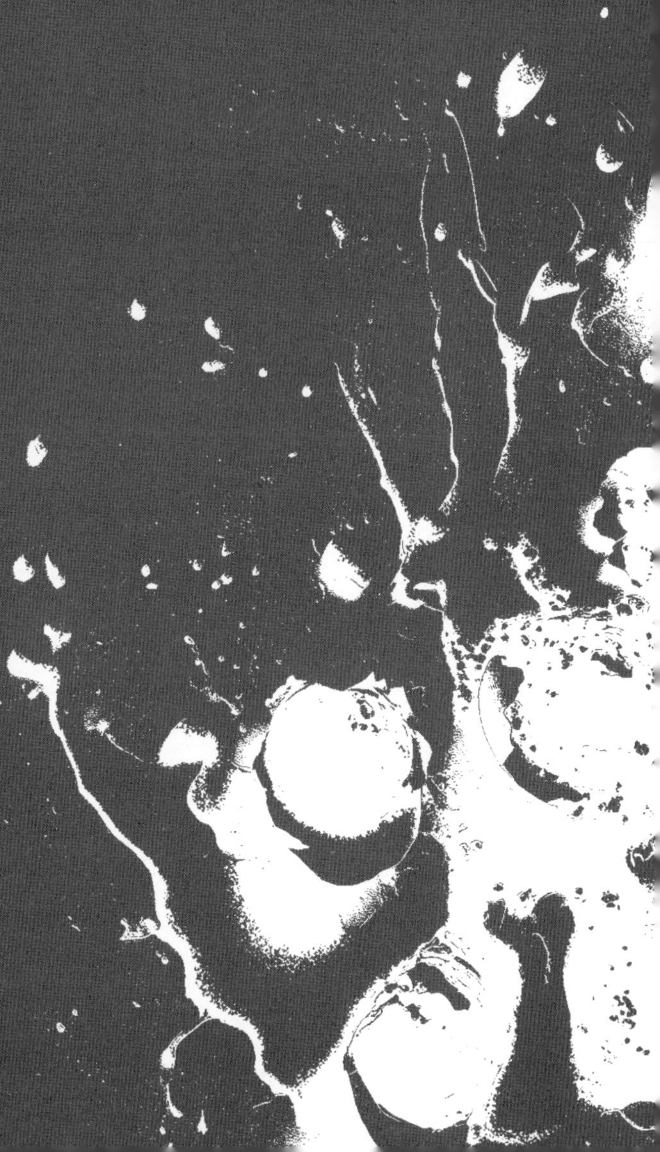

1

大雪紛飛，沒有半點減弱的跡象。細雪被寒風捲上高空。

奧村健三踏出札幌監獄的大門。他朝裡頭被高五公尺的圍牆包圍的建築行了一禮，閉著眼睛，持續低頭達數秒之久。他四十五歲的身軀，如今無比虛弱。

他睜開眼，仰望天花板，做了個深呼吸。吸了一口圍牆外的空氣，感覺又重新回歸正常人了。在監獄裡，總是被沉悶的氣氛籠罩。但今天終於解放了。

風雪從脖子鑽進體內，寒意直透骨髓，彷彿連靈魂也會為之凍結。

這種解放感並未持續太久。他仰望灑落雪花的鉛色，思考生命的意義。殺人的罪過要如何消除呢？他一輩子都得背負這殺人的十字架。由於承受不了這樣的重責和罪惡感，他自己捨棄了妻兒，全都捨棄了。

奧村緊咬下唇，在風雪的吹襲下，開始邁步前行。道路旁是被兜攏在一起的雪堆。樹葉落盡的樹木披上雪衣，朝天空伸出它的枝椏。

該去和死者遺族見面嗎？應該去見他們一面才合乎道義。但另一方面，他又覺得不該和對方見面。我到底想傳達什麼訊息？是要謝罪嗎？他想不出自己該說什麼好。不管說些什麼，都只是帶來無謂的傷害罷了。

「——大叔、大叔。」

他因背後的叫喚聲而回頭看，有三名年輕人站在他身後。三人穿著不同款式的羽絨衣，下半身穿著厚實的長褲，臉上掛著瞧不起人的淺笑。

一人伸手搭向奧村的肩膀，臉湊了過來。

「假釋嗎？有帶錢包在身上嗎？如果沒有，我們一起去ATM一趟吧。你總有存摺吧？借我點錢吧。」

「……我不是有錢人。」

「總有一點積蓄吧？」

奧村搖了搖頭，轉身離去。刺骨的寒風吹來，他把衣襟兜攏。腳步聲追上前，與他並肩而行。

「不用急著逃嘛。」

「你該不會是在害怕吧？我看你只是個小小的前科犯吧？」

「借點錢來用嘛。」

竟然找上一個比自己高大，長相也更兇惡的人要錢——

仗著人多是吧，身上也許還藏著兇器。想必是看準了對方是剛出獄的前科犯，身上不會帶著武器，人多會有勝算吧。

奧村沒理會糾纏不休的那三人，逕自走著。他加快步伐，通過那處寬廣的三岔路。不時會在凍結的道路上響起車輛的打滑聲，或是煞車聲和喇叭聲。

他的目光停在途中的一家咖啡店。玻璃門上貼著一張徵求兼職人員的告示，而且以紅字寫著「急」、「急徵」等大字。

想到今後的生計，確實需要一份工作。得支付賠償金和扶養費。比起全職，兼職應該會比較輕鬆吧。

「喂，大叔。」金髮少年暗啐一聲。「別都不理人嘛，先借個十萬來用吧。」

「……錢得靠自己認真去賺。」

一打開咖啡廳的大門，頭頂傳來鈴鐺聲。飄來咖啡和麵包的香氣。裡頭暖氣籠罩，讓人想脫去外衣。桌位幾乎都坐滿了，那三人總不會一路跟進店裡吧。

「不好意思。我看到外面貼的告示。」

出聲詢問後，一位有點年紀的店長前來接待。

「您是想兼職嗎？」

「是的。」

「哎呀，真是太好了。因為有位員工無故離職……年輕人是有體力，但態度不行啊。那我們這就面試，請往裡面走……」

奧村跟著繞往吧臺後面時，背後傳來鈴鐺的聲響，是剛才那三人。他們高聲大笑的聲音，伴隨著外頭吹襲的風雪聲一同湧入店內。他們沒理會帶位的女服務生，隨意拿起空位上的菜單。

「挺貴的呢。大叔、大叔。你要在這裡打工啊？待會兒就麻煩你結帳囉。」

奧村皺起眉頭，瞪視著少年們。

「說什麼傻話？你們吃喝的錢自己付。」

「……哦，是嗎？」

少年們收起原本的嬉皮笑臉。

「各位！」金髮少年環視店內，大聲說道。「這個人是剛出獄的前科犯哦！」

客人的視線不約而同往奧村身上匯聚，傳來竊竊私語的聲音。

金髮少年持續嚷叫著。「這家店雇用前科犯是吧！」

「呃……」店長一臉為難地走近。「不好意思，面試的事就當我沒提吧。」

奧村嘆了口氣，指向少年們。「你應該先警告他們才合理吧？」

「人是你帶來的吧？請快點離開吧，本店不雇用有前科的人。」

「……哦。你們這家店，只要對方有前科，就不給面試的機會是嗎？」

「這是當然。因為不知道對方會做出什麼事來……」

金髮少年在一旁奸笑。

再繼續打擾店家也沒用。奧村搖了搖頭，離開咖啡廳。少年們馬上跟了過來。

「喂喂喂，你應該付封口費吧。」

「我不想付。」

「那我替你四處宣傳吧，我們會一直纏著你的。」

「你們為什麼要這麼做？」

「為了錢啊。我們需要錢玩樂。」

「想要錢的話，自己揮汗認真賺啊。」

「一個前科犯還好意思向人說教，一副多了不起的樣子。你接下來要是講話再這麼狂妄，我絕不饒你。其他人老早就先給錢了。」

「你們常做這種事？」

「因為前科犯怕惹麻煩，都直接認了，乖乖給錢。」

經這麼一提才想到，有位因為再犯而又回到獄中的受刑人說過，有一群小鬼鎖定假釋的前科犯，並向他們敲詐。

「……我聽過你們的傳聞。」

「我們這麼有名啊？那可不妙。」

「總有一天你們會嘗到苦頭的。」

「這是在威脅嗎？前科犯算哪根蔥啊？」

「你以為我們會害怕嗎？」頂著一頭黑色短髮的少年不屑地說道。「因為很少有殺人犯會被放出來的。」

「大叔，你犯了什麼罪？竊盜？性騷？啊，我看是詐欺吧？看你一副智慧型罪犯的嘴臉。」

第一次聽人這樣說。奧村一直以為自己威嚴十足，長相兇惡。

他回望那三名少年，他們想必無法了解他背負的罪有多重。

「算了。」金髮少年說。「只要你肯付封口費，我就不跟你計較。」

「……我拒絕。」

奧村態度堅決地一口回絕。在飄降的雪花中邁步離去。腳步聲沒跟過來。

2

他因門鈴聲而醒來。奧村從被窩裡坐起身，緊按因喝多了而醉意未消的腦袋。打開門，昨天那三名少年衝著他笑。一名金髮，一名頂著一頭黑色短髮，一名戴著眼鏡。

「嗨，大叔。」

奧村皺起眉頭。「你們怎麼會在這裡？」

「就一路跟蹤啊。我們還沒拿到封口費呢。」

他將準備走進玄關內的金髮少年往外推，就像在砸門般重重把門關上，鎖上門鎖。

持續傳來急躁的門鈴聲，奧村不予理會，前往洗臉更衣。這段時間少年一直在外頭用力敲門，感覺就像有人上門討債似的。

奧村打開門。

「你們別太過分，這樣會吵到左右鄰居。」

「哦。」金髮少年從門縫探進頭來，環視室內。「是你的援助者……幫你安排的公寓啊？還是說，有家人在等你？如果你想過安穩的生活，就乖乖付封口費吧。」

「我不會付的。小心我報警哦。」

「有辦法的話，你就去報啊。我什麼也沒做，而且也沒人會相信前科犯說的話。」

「……掐住前科犯的弱點，這麼好玩嗎？」

「罪犯一輩子都是罪犯，你得一直低著頭過日子。」

「我該低頭的對象，是被害人和其家屬吧。沒有任何一位前科犯得向你們低頭。」

「是嗎？沒差，我們只想要封口費。」

「別一直讓我說同樣的話，我沒錢可以給你們。」

「哦……」金髮少年拿出幾張紙來。「你擺出這種態度好嗎？我會貼這個哦？」

遞向奧村面前的紙——

『一〇六號房住著一位前科犯，要當心！』

印有像血一般鮮紅的大字。

「別做這種傻事。」奧村把紙揮開。「會因誹謗名譽而被逮捕的，是你們。」

「……大叔，你很固執耶。你有孩子嗎？」

「跟你沒關係吧。」

「要是一直這麼固執，那你得作好心理準備。因為一旦讓我們知道你孩子住哪兒，我們就會在那附近發傳單，他從此就別想要升學和求職了。」

金髮少年和短髮少年得意洋洋地浮現笑意。另一方面，站在他們兩人身後的眼鏡少年則是緊咬著嘴脣，他垂放在大腿兩側的手緊緊握拳。叛逆的年輕人特有的眼神，不知為何，此時正緊盯著同伴的側臉。

「我說……」奧村開口問。「為什麼你這麼恨前科犯？你曾經受害過嗎？」

金髮少年一臉愉悅地哈哈大笑。

「驅除害蟲還需要理由嗎？」

「沒特別的理由，就鎖定前科犯當目標是嗎？」

「害蟲就是礙事。這理由夠充分了吧？」

「也有前科犯在贖罪後重新做人。大家一樣都是人，你沒理由可以這樣折磨人。」

「說什麼好聽話啊。這是在正當化自己犯過的罪嗎？罪犯一輩子都是罪犯。別誤以為只要贖罪，就能消除罪過。」

「……你連我犯了什麼罪都不知道，就這樣大放厥辭。」

「出現了，吹噓自己犯過的罪。大叔，不管你是詐欺犯還是強姦犯，我們都沒在怕的。要是你敢向我們動手，我們就去跟警察告狀。」

看到他們那醜陋的笑臉，奧村興起一股無比唾棄的厭惡感。他們深信前科犯全都是窮兇惡極的人，只有他們自己才是正義的化身。跟他們講道理也沒意義，想必他們得嘗到苦頭才會懂得反省。

「……你們出去吧，我很忙。」

奧村再次當著他們的面重重把門關上。

3

「滾出去，你這個殺人兇手！」

奧村被老太太的怒罵聲震懾，向後退卻。老太太就像想撒鹽驅邪似的怒不可抑。奧村朝那扇重重合上的門行了一禮。身為被害者的母親，這也是很理所當然的反應。只要失去兒子，自然會充滿恨意。

自己和家屬見面，到底想說些什麼？這樣根本只是再次傷害死者家屬的感情罷了。

奧村抬起頭，轉身走出大門。

他忍不住嘆了口氣。像他這樣直接登門拜訪死者家屬的人應該不多吧？他說出自己的決心後，朋友都勸他別這麼做。但他還是登門拜訪了，他想面對自己犯下的罪。但那也許是種自私的想法，只想卸下內心重擔的自私想法。

「嗨，大叔。」

轉頭一看，又是那三人組。

「原來你不是詐欺犯，而是殺人犯啊。」

被他們跟蹤了。可能是聽到老太太的怒吼聲吧。

奧村語帶自嘲地說道：

「……怕了嗎？」

金髮少年表情為之一僵，但旋即又恢復他平時的冷笑。

「如果是犯下殺人罪，比詐欺或強姦更沒退路。要是你在假釋期間對孩子動手，不知道會有什麼後果？」

金髮少年與黑色短髮的少年，就像在玩試膽比賽一樣，誰要是先退卻就輸了，臉上流露出他們心中的覺悟。兩人背後的眼鏡少年，則是緊抿雙脣。不知為何，他的眼中閃爍著慌亂與困惑之色。

「仗著年輕，就自認天不怕地不怕，早晚會嘗到苦頭的。這世界就是這樣。」

「傻瓜。」金髮少年哈哈大笑。「嘗到苦頭的是大叔你吧，還坐牢了呢。你為什麼殺人？是過失致死嗎？啊，難道是肇事逃逸？」

「你要是知道真相，會嚇得不敢再開口。」

「……該不會是搶劫殺人吧？」

金髮少年的表情有點僵硬。

奧村冷哼一聲，邁步離去。腳步聲沒再跟過來。穿過被晚霞染成暗紅色的住宅街，來到社區的公園。現場有積雪的鞦韆、溜滑梯、蹺蹺板。小學生們在打雪仗。他斜眼望著他們，拂去木頭長椅上的積雪，就此坐下。臀部因此濕了，但他不以為意。

他嘆了口氣，白色的氣息被寒風捲走，隨之煙消霧散。

奧村從包包裡取出筆記本攤開來，上頭貼了好幾張十一年前的新聞報導剪報（他在圖書館縮小影印而成）。那是因噪音問題所導致的殺人案，他望著被害人的大頭照。

奪走別人性命的罪過，只能以性命來償還嗎？他在獄中真心悔改，出獄後正正當當地過日子，這樣不能贖罪嗎？就真正的含意來看，死者家屬大概永遠都不會原諒加害者。或許會因為厭倦了持續憎恨，而假裝饒恕（他勉強這樣說服自己），改為積極向前，但那並不是真正的饒恕。

贖罪是吧。

一命抵一命，大部分人都是這麼想。要是加害者奪走別人的人生後，卻還繼續過著自己的人生，這應該沒人可以接受吧。他能理解這個道理，可是……

奧村合上筆記本。

——滾出去，你這個殺人兇手！

老太太痛罵的那句話，一直在他腦中揮之不去。當時他忍不住說出為自己辯解的話來，就此惹惱了對方。既然要和家屬見面，就別說任何藉口，得誠心誠意說出自己的想法。如果沒這樣的覺悟，就不該見死者家屬。他現在才明白這個道理。朋友給的建議的確沒錯。

他在反省自己的罪過時，夕陽緩緩沒入大樓後方，黑暗開始籠罩四周。來接孩子回家的母親們，看到一直望著天空的奧村，都趕緊護著孩子帶離現場。

猛然回神，發現已開始降下皚皚細雪。每次寒風吹來，葉片落盡的樹木枝椏便為之顫動。公園的路燈也微弱地閃爍著。

奧村打了個寒顫，將大衣衣襟兜攏。

當他注視著地面時，一雙逐漸走近的運動鞋進入視野中。他抬頭一看，是那名眼鏡少年。

「大叔……可以坐你旁邊嗎？」

少年眼神凝重，就像在找尋一條可以牢牢抓住的繩索般。奧村回望他的眼睛。

「另外兩人去哪兒了？」

「去電玩遊樂場了。」

「……這樣啊。」

眼鏡少年在原地站了一會兒，得知奧村沒回答後，他默默坐向奧村身旁。他雙脣緊抿，雙手置於膝上。

奧村率先開口。

「找我有什麼事？」

「……嗯。」

「要封口費是嗎？我可不付錢哦。」

「不是的，不是要談封口費的事。那件事不重要。」

「但你的同伴似乎不是這麼想。」

「他們不是我的同伴。」

「你們不是一起行動嗎？」

「我們是網路上認識的，連彼此的本名和住址都不知道。我們平時都以手機聯絡約見面一起玩。」

「威脅前科犯也是遊戲的一環嗎？」

眼鏡少年嘴巴撇向一旁。

「是誰先開始的？」

「……是阿政，金頭髮那個。」

「用來打發時間嗎？」

「因為我說想看看札幌監獄，所以就跟阿政和阿武三個人一起去。看著看著，看到有個男人從裡頭走出來。出獄的人真的很有趣，他們幾乎都會跟監獄行禮。」

「……因為受監獄關照，所以自然會鞠躬行禮。」

「那名男子一臉困惑地環視四周。我心想，他一直待在監獄裡，這也難怪，他看起來很好欺負的樣子，於是我們三人就跟在他的後頭……」

「然後呢？」

「他來到大路後，感覺更加不知所措，就像不小心走錯地方一樣，連要走進超商也很猶豫，所以阿政就把他當作獵物。和他交談後，阿政大喊『這個人是前科犯哦！』，男子聽了之後大為慌張地說『我身上的錢都給你們，請不要再叫了』。」

兩人都望著前方。在雪花下閃爍的公園路燈下，有幾隻飛蛾飛來飛去。

「大叔，你有孩子嗎？」

奧村想起兒子的臉龐。小學舉辦教學觀摩時，他回頭看到爸媽的身影，露出難為情的表情，當時那稚氣的微笑令奧村印象深刻。升上國中後，他笑起來仍帶有當時的影子。現在就讀的是統一住舍的高中。

他很疼愛兒子。但他被自己的罪過壓垮，最後主動與妻子離婚。也不知道這樣的選擇對不對。

「……我有兒子。」

「這樣啊。」

「問這個做什麼？」

眼鏡少年緊閉雙脣。隔了一會兒，他雖然張開嘴，卻沒說話。在微暗的天色下，只有白色的呼氣在他面前擴散開來。

奧村很有耐性地等著他開口。

「大叔，罪過會繼承嗎？」

眼鏡少年望著前方說道。

「繼承？」

「對，父母傳給孩子。」

「父母的罪過和孩子沒關係。」

「這世界可沒這麼單純。要是父母犯了罪，孩子就完了。殺人犯的兒子——每個人都是這麼看。」

「……你說的是你的情況嗎？」

眼鏡少年猶豫了一會兒後，點了點頭。視線仍舊望著前方。

「你為什麼要告訴我這件事？」

「我也不知道為什麼。就只是覺得想跟你說。」

「這怎麼可能。」

「嗯，說得也是。白天時，看到大叔你被人吼著趕出來，我就想找你聊聊了。」

少年的側臉流露著苦惱。不能放著他不管，奧村心想。就當自己和他父母一樣，是因犯下殺人罪而入監服刑的人，來聽聽他的故事吧。

「犯罪的人是你父親，還是母親？」

「是我爸。至於他做了什麼……這我就不說了。殺人是重罪對吧？雖然我冠的是我媽的姓氏，但還是被人發現了。這件事在學校傳開後，一切都完了，再也沒人肯靠近我。到學校上學，桌子被人塗鴉，上面寫著『殺人犯的兒子』。糟透了。」

——一旦讓我們知道你孩子住哪兒，我們就會在那附近發傳單。他從此就別想要升學和求職了。

現在知道之前金髮少年撂下這句狠話時，眼鏡少年瞪視他的原因了，因為那是他親身體會過的痛苦。同伴們想必不知道他的處境。

「你吃了不少苦吧？」

眼鏡少年聳了聳肩，一副不在乎的模樣。但他緊咬著嘴脣，透露出他的痛苦。

「……常有人反對死刑，不過我是贊成的一方。」

「為什麼？」

眼鏡少年在膝蓋上緊握雙拳，注視著自己的拳頭。沉默再度籠罩。

「我覺得繼承的罪過可以償還，死應該就是最大的贖罪。只要殺人犯死，他的兒子也會被饒恕。我是這麼想的。」

「你希望你父親死嗎？」

眼鏡少年就像在嘲笑世間的一切般冷哼一聲。

「不論是對被害者家屬，還是對加害者家屬來說，死刑都是一種了結。如果了解我所受的痛苦，不管是誰都會贊成。不過，我奶奶就不是這樣的想法。因為我爸是她唯一的寶貝兒子。」

奧村再次想起自己兒子的臉龐。兒子是怎樣看他這位父親的呢？雖然是出於無奈，但殺人就是殺人。因為兒子住在學校宿舍，所以還沒和他談過這件事。如果見面，兒子看他的眼神，或許會像在看什麼怪物一樣。想必很難理解他的想法。

「對犯罪者來說，死刑很可怕。到底是死刑還是無期徒刑，當初在宣布判決時，連我也差點腿軟。」

眼鏡少年有個短暫的瞬間，嘴角露出苦笑。那很容易看漏的表情變化背後，是否暗藏了什麼？是因為真切感受到自己與有殺人前科的人坐在一起，覺得可怕？還是其他原因？

「死刑犯會覺得痛苦嗎？」

「當然會啊。我曾經看過被人從牢房裡拖出的死刑犯。他死命地抵抗，就像要張開指爪抓住牆壁一樣。那刺耳的慘叫，一直留在我腦海裡揮之不去。」

「我在新聞上看到，睽違多年，最近在札幌監獄再度執行死刑。你知道嗎？」

「秋葉是吧？我在牢房裡和他說過話。」

「……他是兇殘的重刑犯吧，被判死刑也是理所當然。」

「他確實是兇殘的重刑犯。不過，他在牢房裡總是說他很後悔。談到他讓妻兒受苦的事、順著一時的衝動而做出思慮欠周的犯行，以及他奪走的性命。」

「死刑犯也會為這種事後悔？」

「因為他也是人，死刑犯也是有感情的人。」

「那個叫秋葉的死刑犯情況怎樣？他應該覺得很後悔吧，在行刑前是否看開了？」

「……不。他大哭大叫，一直喊著妻子和孩子的名字。不過他很快便做好覺悟，乖乖地跟著走。」

一隻飛蛾碰觸公園路燈，發出滋的一聲。掉落地面後，牠的翅膀和身軀在積雪上扭動了一會兒便斷了氣。眼鏡少年緊緊咬牙，注視著牠的屍體。

「聽了大叔你說的話之後，我更加不懂了。到底死刑有沒有存在的必要。」

「這是個很艱深的問題。」

「大叔你反對死刑嗎？」

「以前……」奧村停頓一會兒。「我指的是我服刑前，覺得兇殘的重刑犯被判死刑是理所當然。但在監獄裡和死刑犯談過後，我的想法改變了。如果他們真心為自己的罪過感到後悔並懺悔，那不妨給他們一個洗心革面的機會。」

「一旦被判死刑就完了。無法反省，無法向死者家屬道歉，也見不到自己的家人……」

「也是。有些死者家屬希望加害者能被判死刑，有些則不希望。無法輕易做出結論。」

「嗯。大叔你說的這番話，我大致能明白。」

又是一陣沉默。夾雜細雪的寒風狂吹。

「你因為想對你父親展開復仇，才陪他們一起威脅前科犯嗎？」

眼鏡少年雙脣緊閉，猛然抬起下巴。他的臉頰肌肉在抽動。細雪隨著夜風被帶上高空吹走。

「也許是吧。」那是自暴自棄的口吻。「要是我爸不犯罪的話，我就不用受苦了。

罪犯不光讓被害人和他的家人受苦，也讓自己的家人受苦。」

「……沒錯。」奧村在膝上十指交握。「但也不能因為這樣，就一律將前科犯都當作自己憤怒和憎恨的對象。你應該馬上停止再和那些愚蠢的傢伙往來。一旦你被逮捕，那些之前欺負你的人會怎麼想？看吧，殺人犯的兒子果然也是罪犯。他們會這麼想，並把過去的霸凌就此正當化。」

眼鏡少年陡然睜大眼睛。那宛如上鎖般的僵硬表情，帶有孩子般的率真。

「……也是。嗯，也許真的就像大叔你說的。」

奧村站起身後，伸手搭在眼鏡少年的肩上。

「現在回頭還來得及。」

4

奧村走出大樓。他的工作已經有了著落，是間保全公司。對於前一份工作的離職原因，他隨口編了個理由搪塞過去。公司方面也沒深入細究，就決定雇用他了。這麼一來，暫時就不需要為錢發愁了。

他感受著這樣的安心感，正準備邁步離去時，那三名少年就像看準時間似地現身。金髮的阿政、黑色短髮的阿武，以及——站在兩人身後的眼鏡少年。

「你們真是學不乖，又來了。」

「上班地點決定啦？」阿政抬頭看那棟大樓。「哦，保全。真的假的？」

「是又怎樣？」

「他們知道大叔是前科犯嗎？應該不知道吧？應該不會讓前科犯當保全吧？要我去告訴他們嗎？」

「這種恐嚇已經完全足以構成犯罪了，小心我送你去警察局哦。」

「真沒想到會被殺人犯說教，搞清楚你自己的立場好不好。比起殺人，我們這種小小的請求還算可愛呢，不是嗎？」

「對對對。」阿武點頭。「我們只是在執行正義，不讓前科犯在這世上到處蔓延。自己隔壁住的是不是罪犯，世人總有知的權利吧。」

「不管對方有沒有前科，你們向人恐嚇取財，這樣就換你們成了加害者。」

「……少講得一副很了不起的樣子，大叔。」

阿政收起原本從容的表情，朝奧村逼近。

「阿政！」眼鏡少年出聲喚道。「我看就算了吧。」

「啥？」

阿政轉過頭來，瞪視著眼鏡少年。他的臉因憤怒而扭曲，雙脣發顫。

「你現在說這什麼話？罪犯根本沒有活在世上的價值。」

「我們的行為是錯的。」

「這是正義。」

「……你明明就從來沒想過什麼是正義。」

「你說什麼？」

「他是個好人，而且——」

眼鏡少年沒能把話說完。他腹部挨了阿政一拳，就此呻吟著弓起了身子。

「喂！」奧村一把抓住阿政的肩頭。「別動粗！」

「少礙事！」

阿政一轉頭，手便揮了過來打中奧村的臉頰。奧村嘗到一股鐵鏽味，同時一把抓住他的手腕使勁地握住。

「痛……放開我，廢物！你這個前科犯別太囂張哦！」

阿政掄起左手，奧村反射性地採取行動，右拳直接打向對方面門，鼻血就這樣噴了出來。

不小心出手了——

奧村暗自咬牙。一旦自己先出手，就躲不過傷害罪了。這下麻煩了。

「媽的……」阿政單膝跪地按住鼻梁，抬眼瞪視著奧村。「你竟敢動手。」

「警察先生！」阿武雙手拱在嘴巴前開始大聲叫喊。「有人使用暴力哦。有名罪犯在對人動粗！」

好幾個行人就此停步圍觀。

「前科犯動粗哦！」

行人們聽到少年的叫喊，開始竊竊私語。甚至有人拿出手機拍攝。

「活該。」阿政咧嘴奸笑。「這下你得回牢裡去了。當初乖乖付錢不就沒事了嗎？」他朝眼鏡少年瞪了一眼。「你別跟警察多嘴哦。」

奧村注視著眼鏡少年，他很在意眼鏡少年的回答。這兩名少年早晚都會和警方打交道，如果要和他們斷絕往來，就得趁現在。殺人犯的兒子果然是罪犯——為了不讓他們這樣中傷他，他也得早點停止這種愚蠢的行為才行。

眼鏡少年垂眼望著地面，深深嘆了口氣。

「我不會說的。」

奧村搖了搖頭感到失望，少年自己放棄了與這兩個不良少年斷絕往來的機會。

「我沒打你哦。」阿政說。「打人的是大叔，知道了嗎。你讓警方看你的瘀青時就這樣說。」

「……我什麼都不會說，也不會說謊。」

「啥？」

阿政表情扭曲，正準備朝他逼近時，一名制服員警跑來。他年約二十多歲，高挺的鷹鉤鼻特別顯眼，表情就像猛禽一樣嚴厲。

「發生什麼事了嗎？」

「就是這位大叔。」阿政指著奧村。「他突然一拳打向我的臉，是個危險人物。請逮捕他。」

「……這是真的嗎？」

奧村嘆了口氣。「我確實是動手打人了。」

「都多大年紀了，身為大人還毆打小孩子……」

「因為他想揍我，我只是出於防衛。」

「少騙人了！」阿武吼道。「我都看到了。因為他抓住阿政的肩膀，拉住了他，阿政才會這樣──」他做出揮動手肘的動作。「想要把他的手甩開。結果他就狠狠動手揍人。」

「警察先生。」阿政裝出一副哭臉。「你看，我都流鼻血了。真的很可怕。這位大叔是殺人犯呢。」

「好了，你先冷靜一下。」年輕員警應道。「你也說得太誇張了。你被打的事似乎是事實，不過……」

「不，這位大叔真的是前科犯。他還威脅我們說『我因為殺人而服刑，要我連你們也一起殺了嗎？』，能取消他的假釋對吧？」

年輕員警的表情轉為嚴肅，他右手手掌握向腰間的警棍，應該是在提防奧村會出手抵抗吧。

「我有話想問你，可以跟我去派出所一趟嗎？」

5

「把他送回監獄，送回監獄去！」

阿政和阿武在派出所裡持續叫嚷著。

坐在椅子上的奧村，只能一臉無奈地望著他們。演技真好。哭臉讓少年們看起來更顯稚氣。這狀況看起來就像一名外表兇惡的流氓讓孩子感到害怕一般。

「說出你的地址和姓名吧。」年輕員警以盛氣凌人的口吻詢問。

「……有必要說嗎？」
「當然要！這可是傷害罪呢。」
奧村瞪視著阿政和阿武。「這兩個人向我勒索，然後——」他轉為望向眼鏡少年。「這名少年想制止他們，結果挨揍。我只是想阻止他們動粗而已。」
「真的嗎？」
在年輕員警的詢問下，眼鏡少年聳了聳肩。一個既非肯定，也非否認的動作。
「如果要逮捕的話——」奧村指向那兩名少年。「應該是逮捕他們才對吧？他們鎖定剛出獄的前科犯加以脅迫，這名眼鏡小弟是被迫屈從的受害者。」
「你有證據嗎？」
「我是聽當事人自己親口說的。」
「這不算是證據，你知道嗎？」
「我也只能請你相信了。只要向最近剛離開札幌監獄的前科犯詢問，就能證明這件事。應該可以從他們當中發現曾經受過威脅的人。」
「嗯，這樣沒有可信度……」
「你的意思是前科犯說的話不足採信嗎？你這是偏見吧。犯罪的被害人與有沒有前科無關，重要的是真相。」

「講得一副很了不起的樣子。好，我會好好聽你說。」年輕員警不耐煩地咂嘴，站起身。「你今天就先在這裡過夜。」

有個短暫的瞬間，阿政和阿武的表情鬆了口氣，奧村全瞧在眼裡，但年輕員警則渾然未覺。

奧村搔抓著後頸，這時有個腳步聲走進派出所。轉頭一看，是一名他曾經見過的壯年員警。

「發生什麼事了？」

「啊，學長。」年輕員警應道。「一位有殺人前科的男人，動手毆打少年……」

「殺人前科？誰啊？」

「這傢伙。」

他手指著奧村，抬頭望向那名壯年員警，兩人目光交會。奧村面露苦笑，臉上表情就像在說——捲入了一件麻煩事。

「奧村先生……發生什麼事了？」

年輕員警發出「咦？」的一聲驚呼。「你們認識嗎？他是兇殘的重刑犯嗎？」

「笨蛋！胡說什麼呢？奧村先生是札幌監獄的獄警！」

眾人皆瞪大眼睛，說不出話來。年輕員警張大嘴巴，注視著這位學長。阿政和阿武則是頻頻眨眼。

奧村嘆了口氣。

「那已經是過去式了，我已經在前幾天辭職了。」

「我都不知道呢。」壯年員警問。「明明工作那麼多年……到底是發生什麼事了？」

「因為執行死刑。有一位死刑犯，我照顧他約兩年，前不久終於行刑了。就在判決後的第七年，由我負責帶他去行刑。」

「您擔任如此重要的任務啊，辛苦您了。」

「沒那麼了不起，我殺了人。每天都會夢到這件事。」

「死刑犯是秋葉雄二是嗎？我在報上看過。」

「沒錯。秋葉每天都在反省他犯的罪過，是一位不用特別關照的模範受刑人。」

「幸好是位安分的死刑犯，執勤應該算輕鬆吧？」

奧村朝少年們瞥了一眼。只要漏看一個小罪，日後就會造成大罪。為了趁惡意才剛萌芽時摘除，最好讓他們知道開出毒花的人會走向怎樣的末路。

「不見得，負責死刑犯牢房會讓人心情鬱悶。死刑犯每天早上都會豎耳聆聽獄警的腳步聲，將五感發揮至極限，如同電線般，將自己裸露的神經布滿走廊。不知道今天是否能繼續活命，幾乎快被這樣的不安給壓垮，所以我們也得小心因應。要是巡視的時間比平時晚上一分鐘，他們就會疑神疑鬼，以為一定是對某人頒布了死刑執行令而就此發狂。因為那裡和東京拘留所不同，只收容了三名死刑犯，一旦要執行死刑，自己很可能就是那個人。」

「我聽說有獄警因為負責死刑犯牢房而健康出狀況。」

「對。自殺未遂、胃潰瘍、憂鬱症——有好幾個人都承受不了，能完成任期的人少之又少，我已經算是待得比較久的了。」

貼在筆記本裡的剪報中，有秋葉因為噪音問題而殺了隔壁一家三口的報導。每次看到被害人的大頭照，他就會思考，到底什麼是償還。

因為三人都慘遭殺害，所以只能以死償還。如果不這麼做，犧牲者無法瞑目，死者家屬也無法接受吧。這是理所當然，只不過——

對獄警而言，每天見面的死刑犯也是個有生命的人，遠比報導中看到的犧牲者大頭照更有現實感。如果是模範受刑人，甚至還會產生感情。

「如果不知道他的罪狀，他看起來跟一般上班族沒兩樣。他可能是藉由一個月一次與教誨師的面談，而重拾內心的平靜吧。他常動不動就說他已做好贖罪的準備，在處刑之日到來前，會好好反省自己所犯的罪。所以我本以為就算行刑日到來，應該也會一切順利。但我太天真了，當天秋葉一看到我們，便揮舞著手臂逃往牆邊，陷入半發狂的狀態。所以我們全部人一同將他壓制在地上。」

「是這樣啊。」

最後採取的是奇襲的做法。奧村向所長提議，要像七〇年代中期之前那樣，在前一天先告訴死刑犯處決這件事，但所長沒同意。秋葉一直以為又是和平時一樣的一天。當他看到一整排獄警出現時，心裡做何感想？是絕望，還是恐懼？

請放開我，我不會再抵抗了。

被數名獄警壓制的秋葉如此說道。奧村很猶豫，不知道要不要使用事先準備好的捕繩和防出聲口罩。但秋葉已全身虛脫無力，像人偶一般，所以他研判沒這個必要。而事實上，當扶起他時，他相當安分，剛才發狂的模樣就像根本沒發生過似的，他向獄警低頭行禮，開始邁步向前走。秋葉的步履虛浮，走上樓梯時為了避免他跌落，得從兩側攙扶。

鋼筋水泥打造的刑場，冷得直透肌骨。雖然每個月打掃時都會看到，但實際帶死刑犯走在刑場上的感覺截然不同，有種自己的脖子被人套上繩索的錯覺。猶如腳踝套上腳鐐般，每一步都無比沉重。

秋葉是懷著怎樣的心情踏出他的每一步呢？

刑場的前廳裡，所長、總務部長、矯正部長、檢察官、教誨師、醫官等，全都在裡頭等候。牆邊設有祭壇。秋葉見狀，吞了口唾沫。他筋脈浮凸的喉嚨，喉結上下滑動。

教誨師誦經後，讓他為家人寫遺書。他手指顫抖，光是給妻兒寫下一句「對不起」，便已盡了全力。

蒙上眼睛後，秋葉又開始抵抗。他大聲乞求饒他一命，一邊叫喊，一邊想要逃離。他們四人合力加以壓制，扭住他的手臂，並將他的雙手攏在身後上銬，他雙腳又蹬又踢。接著掀開簾幕，把秋葉拖往行刑室。繩索套向他的脖子，捆綁住雙膝。

然後——按下執行鈕。地板打開，發出頸椎斷折的聲響。秋葉全身的重量都加諸在滑輪上，繩索發出嘎吱聲。那是令人很想摀住耳朵的聲音。

全身痙攣的秋葉，像人偶一樣晃動。在等了十五分鐘以後，由醫官確認他已死亡。一個生命就這樣從世上消失。照顧了將近兩年的死刑犯，就這樣失去性命。一個由衷為自己的罪過懺悔，在行刑之前，從沒給獄警添麻煩的男人。

說完後，奧村重重嘆了口氣。

「奧村先生——您的經歷實在很悲慘。」

「我實在搞不懂，死刑究竟是對還是錯。我到現在還是每天晚上都會夢見地板打開的聲音、頸椎斷折的聲音、慘叫聲。一切都是那麼鮮明地烙印在我的記憶中。我再也無法從事獄警的工作，就此遞出辭呈。還和妻子離婚，也沒臉見我兒子。後來我去秋葉的老家拜訪，但他的家人──秋葉的母親罵我是『殺人兇手』，把我轟走。」

「這樣啊。你現在從事什麼工作？」

「我到保全公司任職，是一位朋友幫我牽的線。關於我辭去獄警工作的原因，我隨口編了個理由帶過。」

那名壯年員警望向此刻在派出所內的眾人。「那麼，今天這到底是……？」

「他們看我向任職多年的監獄行禮，誤以為我是假釋出獄的前科犯，而向我恐嚇威脅。」

奧村說出這幾天來發生的事，被一路跟蹤到公寓，要求他給錢。不管去哪裡都緊緊糾纏。眼鏡少年想阻止他們做這樣的蠢事，卻遭到暴力對待。

說著說著，阿政和阿武變得臉色凝重。這次是真的哭喪著臉。

「只要對方是前科犯，就算他被人恐嚇，警察也不會趕來處理。你就是這麼想，才持續鎖定他們當目標對吧？」

「太惡質了。」
那名壯年的員警瞪視著他們兩人，奧村點了點頭。
「那麼，後續就有勞你了。」

6

奧村和眼鏡少年走過大路。被整排大樓切割出的暗紅色天空，反照著幾乎會滲入眼中的夕陽。
「——很吃驚嗎？」
「咦？」眼鏡少年沒停下腳步，如此反問。「你指的是什麼？」
「我不是個有殺人前科的人，而且還曾經是獄警。」
「……一點都不會，因為我早知道了。」
「你早知道？」
「嗯。」
「真的嗎？什麼時候知道的？」
「從我看到你被趕出我家的時候。」

我家？

奧村停下腳步。眼鏡少年也跟著停步，回身而望。正面承受他的目光。

「你該不會是姓……」

「秋葉。秋葉正。」

因為太過驚訝，一時無言以對。奧村不發一語地回望少年的眼睛，達半晌之久。

「是死刑犯秋葉的兒子嗎？」

「沒錯。大叔你去拜訪的就是我家。我看到奶奶對你咆哮，心想，啊，你該不會是執行我爸死刑的人吧。因為我們向來都被人罵是殺人兇手，但倒是沒這樣罵過別人。」

在公園遇見秋葉少年的那個飄雪的晚上，奧村以為少年當他是一位有殺人前科的假釋犯，才現身詢問他的意見。奧村當時決定，既然這樣，就回應他的期待，以和他父親一樣犯下殺人罪的受刑人身分來聽他怎麼說吧。但奧村萬萬沒想到，少年竟然知道他就是奪走自己父親性命的獄警。

所以當他假裝是一位前科犯，說出他聽到判決所感受到的恐懼時，秋葉少年嘴角浮現苦笑。

當晚的對話浮現腦海。那不是一名有殺人前科的人與受刑者的兒子所展開的對話，而是執行死刑的獄警與死刑犯的兒子展開的對話。如果是這樣，少年話語中的含意將會有所不同。

秋葉少年知道父親被判死刑，而向參與執行死刑的獄警詢問死刑的對錯。

——不論是對被害者家屬，還是加害者家屬來說，死刑都是一種了結。

說這話的秋葉少年，聽了父親的生活態度和行刑前的模樣後，開始對於死刑的對錯感到猶豫。比起隨便做出結論，在了解現實後為此苦思，才是更重要的事吧？

「第一次見面時我就覺得有點奇怪。大叔，你不是原本想在三岔路口的咖啡廳打工嗎？明明出獄了，卻想在監獄附近工作，根本沒有這樣的更生人。」

「在公園和你談話時，我假裝自己有殺人前科。你當時心裡難道不會想，也許這個人真的不是獄警嗎？」

「……我沒這麼想過，我很肯定。因為大叔你不是談到死刑犯是怎樣被帶去行刑的嗎？我知道會收容死刑犯的是拘留所，因為那裡有執行死刑的設施。而收容一般受刑人的是監獄。大叔你如果真是一般的受刑人，看不到死刑犯抵抗的模樣。你當我是高中生，隨便扯謊就想糊弄過去，還說你在牢房裡和死刑犯說過話。」

奧村對秋葉少年的觀察力大為折服，露出苦笑。

札幌監獄和別縣的監獄不同，設有執行死刑的設施。不過，監獄裡不收容死刑犯，這裡一樣不例外。死刑犯是收容在占地內的拘留分所，行刑時再從那裡移送。

「不過我心想，既然大叔你想隱瞞身分，那我也就裝不知道吧。」

奧村搔抓著後腦。「要隱瞞自己的職業，談死刑犯的事，除了這麼做之外，也沒別的辦法了。而且我一直以為你是因為相信我有殺人前科才主動找我聊，所以更沒辦法說真話。」說著說著，奧村發現一件事。「剛才警察出現時，你之所以一句話也沒說，是因為……」

「我沒必要袒護你吧。因為我要是坦白說出你是獄警的事，警方應該就會相信。我很希望你能早點公開自己的身分。」秋葉少年露出孩子氣的笑臉。「我想目睹阿政和阿武吃驚的表情。他們嚇了一大跳呢。」

「因為他們始終深信我是個前科犯。你為什麼要和他們兩人一起行動？」

「……我聽說我爸的死刑已經執行完畢，所以很想向人打聽監獄裡的情況。因為當時我還以為死刑犯是被關在監獄裡，所以想找出獄的人打聽，搞不好對方剛好認識我爸。但我自己一個人不敢這麼做，就邀他們這兩個在網路上認識的朋友一起行動。我想隱瞞我爸的事，所以沒說出我的目的。」

「結果他們兩人的行為開始脫序？」

「嗯。」秋葉少年似乎對自己沒能阻止他們感到後悔，緊咬著下唇。「我向一位出獄的人問『你和死刑犯同住過嗎?』,結果對方一臉害怕地說『死刑犯是關在拘留所。我不知道,我不想談監獄裡的事』。他那模樣看在阿政和阿武眼裡,就像是頭肥羊。所以他們大喊著『這個人是前科犯哦』……後續的事,就跟我之前說的一樣。」

「這樣啊。好在你及時回頭,沒深陷泥沼。不過,我在派出所說出令人難過的事實,你都聽見了……」

秋葉少年點頭。接著望向夕陽,以側臉面向奧村低語道。

「大叔,我奶奶說的話,你可別放在心上哦。」

「咦?」

「說你是『殺人兇手』那句話。我奶奶見獄警登門拜訪,一時也不知該如何反應才好。我想,她當時要是不生氣罵人的話,怕是會承受不住。」

「儘管如此,我確實參與了死刑的執行。」

「我奶奶也說過,雄二他犯了無法挽回的罪過,很對不起被害人和其家屬,只能以自己的性命來償還。當奶奶知道執行死刑時,整個人就像放下肩上的重擔一樣。這整件事終於結束了。」秋葉少年重新面向奧村,兩人目光交會。「不過,在面對獄警後,可能是情緒逐漸變得激動吧。大叔你只是在執行勤務,沒必要對此懷有罪惡感。我想，我爸也很感謝你。」

「……這可難說。」

「你不相信？那你看這個吧。」秋葉少年從包包裡取出一封信。「這是昨天我在整理遺物時發現的，就從家裡帶來了。想說下次遇見大叔時，要親手交給你。」

奧村接過信，打開來看。這封信不是寫給家人。

「這是？」

「是寫給大叔你的。折成四折後，混在遺物中。」

看上面的日期，似乎是執行死刑前幾天寫的。生前寫給家人的書信，都會先經過嚴格的審閱，而行刑後，日記類的物品通常不會交給家屬，但可能是因為不太顯眼，檢查時遺漏，才會歸還給家屬。

奧村迅速看過死刑犯秋葉所寫的內容。

這些日子受到奧村先生許多關照。您總是很親切地聽我說話，我心裡無比感激。我平安度過了耶誕節和新年，有預感執行死刑的日子就快到了。等執行日到來就沒時間寫文章了，所以我想事先寫下心中的想法。

待死刑執行日到來的那天，我想竭盡所能地掙扎抵抗，顯現對生存的執著，之後就此讓人結束我的生命。我在接受死刑判決後，聽教誨師開示，尋求宗教的慰藉，獲得心靈的平靜。但愈是內心平靜，愈是有個疑問緊纏著我，揮之不去。

我就抱持這種平靜的心情接受死刑，這樣好嗎？要是我不害怕死亡，就此被處決，死者家屬應該無法接受吧？我有這樣的想法。

我不能抱持平靜的心情面對死亡。得痛苦、害怕、為自己的罪過懊悔，並在這樣的狀態下死去。唯有這麼做，死者家屬才嚥得下這口氣，也才能為案件做個了結。所以我每天都在想著家人，想著如果沒犯罪就能體會到的樂趣，想著將來想做的事——

愈想心愈亂，懊悔和恐懼就此湧現，開始害怕死亡。

當頒布死刑執行命令時，我應該會發狂似地想活命吧。這一定會讓奧村先生以及其他獄警們在工作時感到痛苦，因為要帶走拒絕死亡的受刑人，還要將繩索套向受刑人的脖子。我覺得很歉疚，但這是我贖罪的方式。對生存如此執著的我，希望您能順利地結束我的性命。

奧村先生，請不要為此感到痛苦。我只是想採取一種能讓死者家屬接受的死法。行刑後，請告訴死者家屬我的死狀。就說秋葉雄二很想要活命，很希望人們別殺他，他對自己的罪過深感後悔，同時感到畏怯，最後就此被處決。

這是我臨終前的任性，還望見諒。

死刑犯不能抱持菩薩般的心境走向死亡。

讀完這篇文章後，奧村大受打擊，竟然有這種事。因接受多年的教誨而心靈平靜的秋葉，之所以突然發狂抵抗的原因，他終於明白了。為了執著於求生，他將自己逼到這個地步是嗎？

奧村緊咬著嘴脣，閉上眼。情感像奔流般朝他湧來。

當時他在刑場目睹秋葉的死狀，而思考起死刑的對錯，心裡認為行刑等同是殺人的行為。甚至覺得自己很罪過，將一名為自己的犯行懺悔，做好死亡覺悟的模範受刑人逼入恐懼的深淵，最後還帶他走上刑場，結束他的性命。

但他錯了。秋葉的死狀，是他自己為這一切所做的了結。

——死刑犯不能抱持菩薩般的心境走向死亡。

秋葉臨終前寫下的這句話，奧村想必終生難忘。

他睜開眼。血色的夕陽已染紅了市街。

國家圖書館出版品預行編目資料

逆轉正義 / 下村敦史著；高詹燦譯. -- 初版. -- 臺北市：皇冠, 2025.03　面；公分. -- (皇冠叢書；第5215種)(大賞；180)

譯自：逆転正義
ISBN 978-957-33-4263-2 (平裝)

861.57　　114000876

皇冠叢書第5215種
大賞｜180

逆轉正義

逆転正義

作　　者—下村敦史
譯　　者—高詹燦
發 行 人—平　雲
出版發行—皇冠文化出版有限公司
台北市敦化北路120巷50號
電話◎02-27168888
郵撥帳號◎15261516號
皇冠出版社(香港)有限公司
香港銅鑼灣道180號百樂商業中心
19字樓1903室
電話◎2529-1778　傳真◎2527-0904
總 編 輯—許婷婷
責任編輯—蔡維鋼
行銷企劃—蕭采芹
美術設計—BIANCO TSAI、單　宇
著作完成日期—2023年
初版一刷日期—2025年03月

法律顧問—王惠光律師

讀者服務傳真專線◎02-27150507
電腦編號◎506180
ISBN◎978-957-33-4263-2
Printed in Taiwan
本書定價◎新台幣380元/港幣127元